사자성어

사자성어

초판 1쇄 발행 | 2023년 09월 05일

엮은이 | 김영진

발행인 | 김선희 · 대 표 | 김종대
펴낸곳 | 도서출판 매월당
책임편집 | 박옥훈 · 디자인 | 윤정선 · 마케터 | 양진철 · 김용준

등록번호 | 388-2006-000018호
등록일 | 2005년 4월 7일
주소 | 경기도 부천시 소사구 중동로 71번길 39, 109동 1601호
(송내동, 뉴서울아파트)
전화 | 032-666-1130 · 팩스 | 032-215-1130

ISBN 979-11-7029-235-7 (03820)

· 잘못된 책은 바꿔드립니다.
· 책값은 뒤표지에 있습니다.

월드클래식 시리즈 16

선현들의 지혜와 철학이 담긴

사자성어

김영진 엮음

매월당
MAEWOLDANG

이끄는 글

사자성어는 4자로 된 한자 성어를 지칭한다. 그 범위는 4자로 된 고사성어를 포함하여 시대의 변화에 따라 고사성어를 유추한 것과 이와 별도로 새로이 만들어져 널리 사용되는 것을 포괄한다.

먼저 4자로 된 고사성어는 반드시 그 역사적인 유래나 사상적인 배경 등을 숙지하고 이를 사용한 전고典故(전례와 고사)를 알아야 이해할 수 있고, 또한 이 고사성어를 유추한 새로운 성어의 뜻 또한 이해할 수가 있다. 예컨대 오월동주吳越同舟는 《손자병법孫子兵法》의 〈구지편九地篇〉에 나오는 이야기로, 그 뜻은 '오나라와 월나라는 원수처럼 미워하는 사이지만 그들이 같은 배를 타고 바다를 나갔다가 풍랑을 만난다면 원수처럼 싸우지 않을 것이며, 오히려 서로 긴밀히 도울 것이다.'라는 것이다. 최근 이를 유추하여 '한일동주韓日同舟'라는 용어가 신문과 방송매체에 간간이 소개되고 있는데, 이 또한 한국과 일본은 서로 원수 같은 사이지만 어려움을 만나면 경우에 따라서는 협력할 수 있는 사이도 될 수 있다는 것이다.

또 최근에 수입 농산물이 범람하자 농협 등 농수산 관계기관에서 캠페인 용어로 '신토불이身土不二' 라는 사자성어가 있는데, 이 또한 먼저 일본에서 유행하여 우리나라로 유입된 성어로 기실 그 연원은 한의학에서 주장하는 '약식동원론藥食同源論(약과 음식은 그 뿌리가 같음)' 을 유추하여 새로 만든 용어이다.

최근에는 일부 기업이나 각종 동호회에서 기존의 고사성어가 아닌 새로운 사자성어를 만들어 광고나 기업의 표어로 사용하기도 한다. 예컨대 삼성은 자신들의 기업 표어로 '불광불급不狂不及' 이라는 사자성어를 만들어 사원들의 정신교육에 사용했는데, 이는 무슨 일이든 '미치지 않고서는 이룰 수 없다.' 는 뜻이다. 그리고 최근 온라인 공간에서 유행하고 있는 '트위터리안들(트위터 이용자)이 선정한 2010년 사자성어' 중 하나가 '투위하다鬪僞河多' (트위터리안들은 '트윗하다' 로 표기함)인데, 이는 '지배언론에 묶여 있던 내 시선과 생각을 트윗을 통해 깨고, 강물 같은 타임라인에서 수많은 친구들을 만나다.' 라는 뜻으로, 올 한 해를 뜨겁게 달군 소셜 네트워크 서비스(SNS) '트위터' 의 가능성을 잘 보여주는 말이라고 할 수 있다. 이는 젊고 재치 발랄한 한글세대들도 사자성어를 부담스럽게 여기지 않고 오히려 큰 흥미를 느끼고 있다는 증거이기도 하다.

그러면 왜 오늘날에도 세인들은 변함없이 사자성어에 관심을 가지고 애용하는 것일까? 그 까닭은 사자성어 속에는 선현들의 역사와 철학은 물론이고 삶의 지혜가 숨겨져 있고, 또 자신들의 뜻이나 말을 압축적으로 표현하면서도 외우기 쉬운 매력을 지니고 있기 때문이다.

이는 동양에서 가장 오래된 시집으로 알려진 《시경詩經》을 위시하여 초학자들의 필독서인 《천자문千字文》이나 《백가성百家姓》 같은 책 또한 모두 4자의 성어 형식으로 이루어진 것을 보면 알 수 있다. 그러나 네 글자의 한자로 이루어진 용어가 모두 사자성어의 범주에 해당하는 것은 아니다. 즉 '동서남북東西南北' 이나 '춘하추동春夏秋冬', '개혁개방改革開放' 과 같은 용어나 의학이나 과학에서 사용하는 '제왕절개帝王切開', '우주개척宇宙開拓' 등 일부 용어는 이미 명사화되거나 단순한 사자성어로 별도의 소개 없이도 이해할 수 있다.

이 책에는 국어와 한문 등의 교과서에 등재한 사자성어를 우선 가려 뽑고, 또한 일상 언어생활에서 자주 사용하는 한자성어를 내용에 따라 주제별로 엮어서 소개했다. 그리고 각 주제에 따라 그 유래를 설명하고, 또 주제와 관련된 성어를 '더 살펴보기' 를 통해 보다 간략하고 신속하게 이해할 수 있도록 묶어놓았다. 끝으로 부록편에 '올해의 성어', '사자성어의 활용과 새로 만들어진 사자성어 풀이', '사설로 읽는 재미있는 사자성어' 를 수록하여 독자들의 사자성어에 대한 이해를 돕고자 했다.

차 례

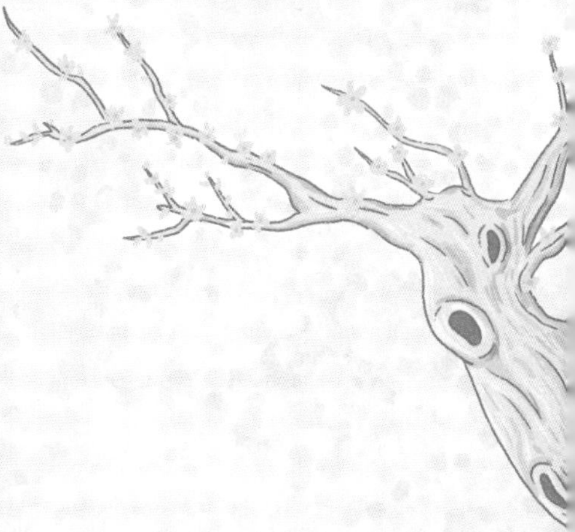

1

세상만사 마음먹기에 달려 있다

[마음 · 결심]

射石爲虎사석위호

射 쏠 사 石 돌 석 爲 할 위 虎 호랑이 호

풀이

돌을 범인 줄 알고 쏘았더니 돌에 화살이 꽂혔다는 말로, 성심을 다하면 아니 될 일도 이룰 수 있다는 뜻.

유래

한나라의 맹장인 이광은 형제들과 명산冥山의 북쪽으로 사냥 갔다가 풀숲 속에서 호랑이가 자고 있는 것을 보고 급히 화살을 쏘아 맞혀 죽였다. 그리고 호랑이의 뼈를 잘라서 베개로 삼고 호랑이 형상을 주조하여 요강으로 삼았다. 이는 맹수를 굴복시켰다는 것을 과시하고 자신의 무용담을 자랑하기 위함이었다.

다른 날에 그는 다시 명산으로 사냥을 갔는데, 또 누워 있는 호랑이를 보았다. 그래서 이번에도 화살을 쏘아 정확하게 맞추었다. 그런데도 호랑이는 꼼짝하지 않는 것이었다. 이상하게 생각되어 가까이 가보니 그가 맞힌 것은 화살이 깊이 박혀 있는 호랑이처럼 생긴 돌이었다. 그래서 물러서서 다시 한 번 화살을 쏘았으나 이번에는 화살이 튕겨져 나왔다. 정신을 집중하지 않은 탓이었다. 내가 일찍이 이 일에 대해서 양웅에게 물으니, 그가 말했다.

"정성이 지극하면 쇠와 돌도 열리게 할 수 있는 것이다."

출전《서경잡기西京雜記》

愚公移山우공이산

愚 어리석을 우 公 공평할 공 移 옮길 이, 크게 할 치 山 메 산

풀이

우공이 산을 옮긴다는 말로, 남이 보기엔 어리석은 일처럼 보이지만 한 가지 일을 끝까지 밀고 나가면 언젠가는 목적을 달성할 수 있다는 뜻.

유래

옛날, 중국 북산에 우공이라는 90세 된 노인이 있었는데, 태행산太行山과 왕옥산王屋山 사이에 살고 있었다. 이 산은 사방이 700리, 높이가 만 길이나 되는 큰 산으로, 북쪽이 가로막혀 교통이 불편하였다. 우공이 어느 날 가족을 모아 놓고 말하였다.

"저 험한 산을 평평하게 하여 예주의 남쪽까지 곧장 길을 내는 동시에 한수漢水의 남쪽까지 갈 수 있도록 하겠다. 너희들 생각은 어떠하냐?"

모두 찬성하였으나 그의 아내만이 반대하며 말하였다.

"당신 힘으로는 조그만 언덕 하나 파헤치기도 어려운데, 어찌 이 큰 산을 깎아내려는 겁니까? 또, 파낸 흙은 어찌하시렵니까?"

우공은 흙을 발해에다 버리겠다며 세 아들은 물론 손자들까지 데리고 돌을 깨고 흙을 파서 삼태기와 광주리 등으로 나르기 시작

하였다. 황해 근처의 지수라는 사람이 그를 비웃었지만 우공은,

"내 비록 앞날이 얼마 남지 않았으나 내가 죽으면 아들이 남을 테고, 아들은 손자를 낳고……. 이렇게 자자손손 이어가면 언젠가는 반드시 저 산이 평평해질 날이 오겠지."

하고 태연히 말하였다. 한편 두 산을 지키는 사신蛇神이 자신들의 거처가 없어질 형편이라 천제에게 호소하였더니, 천제는 우공의 우직함에 감동하여 역신力神 과아씨의 두 아들에게 명하여 두 산을 하나는 삭동朔東에, 또 하나는 옹남雍南에 옮겨놓게 하였다고 한다.

출전 《열자列子》 〈탕문湯問〉

磨斧爲針마부위침

磨 갈 마 斧 도끼 부 爲 할 위 針 바늘 침

풀이

'도끼를 갈아 바늘을 만든다.' 는 뜻으로, 아무리 이루기 힘든 일도 끊임없는 노력과 끈기 있는 인내로 성공하고야 만다는 뜻.

유래

당나라 때 저명한 시인이었던 이백李白이 젊었을 적에 광산匡山에서 글을 읽다가 도중에 그만두고 집으로 돌아가는데, 길에서 어떤 노파가 열심히 도끼를 갈고 있는 것을 보았다. 이상하게 생각한 이백이 노파에게 그 까닭을 물었더니 노파가 대답했다.

"바늘을 만들려고 한다."

"어느 세월에 도끼를 갈아 바늘을 만들 수 있겠습니까?"

"참고 노력하여 갈면 언젠가는 바늘로 만들 수 있단다."

이백은 노파의 꾸준한 노력과 정성에 크게 감명을 받았다. 이에 다시 산속으로 들어가 학문에 힘쓴 결과 마침내 훌륭한 시인이 될 수 있었다.

출전 《당서唐書》〈문예전文藝傳〉, 《방여승람方與勝覽》

水滴穿石 수적천석

水 물 수 滴 물방울 적 穿 뚫을 천 石 돌 석

풀이

물방울이 돌을 뚫는다는 뜻으로, 미미한 힘이라도 꾸준히 노력하면 큰일을 이룰 수 있음을 비유해 이르는 말. 작은 노력이라도 끈기 있게 계속하면 큰일을 이룰 수 있음, 작은 것이라도 모이고 쌓이면 큰 것이 됨의 비유.

유래

중국 북송 때 숭양 현령에 장괴애라는 사람이 있었다. 어느 날 그는 관아를 돌아보다가 창고에서 황급히 튀어나오는 한 구실아치(각 관아의 벼슬아치 밑에서 일을 보던 사람)를 발견했다. 당장 잡아서 조사해 보니 상투 속에서 한 푼짜리 엽전 한 닢이 나왔다. 엄히 추궁하자 창고에서 훔친 것이라고 했다. 즉시 형리에게 명하여 곤장을 치라고 하자 그 구실아치는 장괴애를 원망하면서 이렇게 말했다.

"이건 너무하지 않습니까? 사또, 그까짓 엽전 한 닢 훔친 게 뭐 그리 큰 죄라고."

이 말을 듣자 장괴애는 화가 머리끝까지 치밀었다.

"네 이놈! 티끌 모아 태산이란 말도 못 들었느냐? 하루 한 푼이라도 천 날이면 천 푼이요, 물방울도 끊임없이 떨어지면 돌에 구멍을 뚫는다고 했다."

장괴애는 말을 마치자마자 층계 아래에 있는 죄인 곁으로 다가가 칼을 빼어 목을 치고 말았다. 우리나라 속담에 '낙숫물이 댓돌을 뚫는다.' 라는 말과 같은 뜻으로 쓰이고 있다.

출전《옥림학로玉林鶴露》

積土成山적토성산

積 쌓을 적, 저축 자 土 흙 토, 뿌리 두, 쓰레기 차 成 이룰 성 山 메 산

풀이

흙이 쌓여 산이 된다는 말로, 작은 것도 많이 모이면 커진다는 말.

유래

중국 전국 시대 말기의 유가 사상가이자 학자인 순자는 학문을 권하는 글에서 이렇게 말했다.

"한줌의 흙이 모여 산이 되면 바람과 비가 일고, 작은 물이 모여 못이 되면 용이 살 듯, 선행을 쌓고 덕을 이루면 신명을 통하여 스스로 성인의 마음씨가 갖추어질 것이다. 그러므로 한 걸음 한 걸음 걸어가지 아니하면 천리 길을 갈 수가 없고, 작은 물을 모으지 않으면 바다와 같은 큰물을 이룰 수 없다. 아무리 준마라 할지라도 단번에 천리를 뛸 수가 없고 아무리 느린 말이라도 쉬지 않고 열흘을 달리면 준마를 능히 따를 수 있다. 성공은 쉬지 않고 계속하는 데에 있다. 깎다가 그대로 버려두면 썩은 나무도 못 자르고, 깎고 또 깎으면 금석이라도 새길 수 있을 것이다."

출전 《순자荀子》

더 살펴보기

堅忍不拔견인불발

堅 굳을 견 忍 참을 인 不 아닐 불 拔 뺄 발

굳게 참고 버티어 마음이 흔들리거나 마음을 빼앗기지 아니함.

物心一如물심일여

物 물건 물 心 마음 심 一 한 일 如 같을 여, 말 이을 이

마음과 형체가 구별 없이 하나로 일치된 상태.

不撓不屈불요불굴

不 아닐 불 撓 어지러울 요, 돌 효 不 아닐 불 屈 굽힐 굴

휘지도 않고 굽히지도 않는다는 뜻으로, 어떤 난관도 꿋꿋이 견디어 나감을 이르는 말.

以心傳心이심전심

以 써 이 心 마음 심 傳 전할 전 心 마음 심

마음과 마음이 통하고, 말을 하지 않아도 의사가 전달됨. 석가와 가섭이 마음으로 마음에 전한다는 뜻으로, 말로써 설명할 수 없는 심오한 뜻은 마음으로 깨닫는 수밖에 없다는 말이며, 후대에 불교의 법통을 계승할 때에 쓰임.

心機一轉심기일전

心 마음 심 機 틀 기 一 한 일 轉 구를 전

어떠한 동기에 의하여 이제까지의 먹었던 마음을 바꿈.

十伐之木십벌지목

十 열 십 伐 칠 벌 之 갈 지, 어조사 지 木 나무 목

'열 번 찍어 안 넘어가는 나무가 없다.'는 뜻으로, 어떤 어려운 일이라도 끊임없이 노력하면 기어이 이루어내고야 만다는 뜻.

意氣投合의기투합

意 뜻 의, 기억할 억 氣 기운 기 投 던질 투, 머무를 두 合 합할 합

마음과 뜻이 서로 맞음.

鐵石肝腸철석간장

鐵 쇠 철 石 돌 석 肝 간 간 腸 창자 장

철이나 돌 같은 간과 창자란 뜻으로, 굳고 단단한 절개와 마음을 이르는 말.

初志一貫초지일관

初 처음 초 志 뜻 지, 기치 치 一 한 일 貫 꿸 관, 당길 만

처음에 세운 뜻을 이루려고 끝까지 밀고 나감. 처음 품은 뜻을 한결같이 꿰뚫음.

拈華微笑염화미소

拈 집을 념(염), 달 점 華 빛날 화 微 작을 미 笑 웃음 소

'꽃을 집어들고 웃음을 띠다.' 란 뜻으로, 말로 하지 않고 마음에서 마음으로 전하는 일을 이르는 말이며, 불교에서 이심전심以心傳心의 뜻으로 쓰이는 말.

一心同體일심동체

一 한 일 心 마음 심 同 한가지 동 體 몸 체

여러 사람이 한 사람처럼 뜻을 합하여 굳게 결합함을 이르는 말.

精神一到 何事不成정신일도 하사불성

精 정할 정 神 귀신 신 一 한 일 到 이를 도

何 어찌 하, 꾸짖을 하 事 일 사 不 아닐 불, 아닐 부 成 이룰 성

'정신을 한 곳으로 하면 무슨 일인들 이루어지지 않으랴' 라는 뜻으로, 정신을 집중하여 노력하면 어떤 어려운 일이라도 성취할 수 있다는 말.

行不無得행불무득

行 다닐 행, 항렬 항 不 아닐 부, 아닐 불 無 없을 무 得 얻을 득

행동하지 않으면 얻는 것이 없다는 뜻.

항심恒心
정조正祖

공자께서 말씀하시길, "사람으로서 항심恒心이 없으면 무당이나 의원조차도 될 수 없다."하셨다. 무릇 '오래도록 변하지 않는[恒]'다는 것은 성誠의 도리이고, '성誠' 이란 것은 마음의 주재자主宰者이다. 따라서 내가 한 번 불성실不誠實한 마음을 먹기만 하면, 만사 만물이 덩달아서 가장假裝하고 현혹시키는 와중으로 떨어진다.

그러므로《중용中庸》에서 이르기를, "성실하지 않으면 사물이 존재하지 않는다.[不誠無物]"하였다. 반면에 내 마음이 한결같이 성실하고 이러한 마음이 잠시라도 끊어지는 순간이 없다면, 이치를 바라봄에 저절로 분명해지고 사물을 대함이 저절로 순조로워져서, 이를 미루어 나갈 경우 금석金石도 꿰뚫을 수 있고 돼지나 물고기도 감화시킬 수 있는 경지에 다다르게 된다. 그러므로《중용》에서 이르기를, "성이란 것은 하늘의 도이다."하였다. 저 의원이나 무당의 길을 배우려는 자들도 오히려 그 항심을 지니지 않아서는 아니 되거늘, 하물며 사대부로서 임금을 섬기고 세상을 살아가는 경우임에랴.

출전《홍재전서弘齋全書》

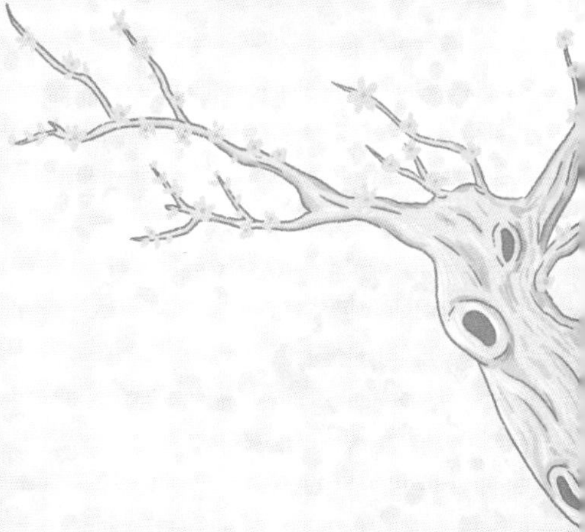

2

학문은 만인의 공유물, 노력하지 않는 자는 성취할 수 없다

[학문과 독서 · 교육]

開卷有益 개권유익

開 열 개 卷 책 권 有 있을 유 益 더할 익

풀이

책은 숙독하지 않고 펼치기만 해도 유익하다는 뜻으로, 독서를 권장하는 말.

유래

송나라 책 《도잠전陶潛傳》에 도잠은 어려서 책을 좋아하고 마음을 여유롭게 가졌으며, 책을 펴 글을 읽으면 새로운 지식을 얻었다는 '개권유득開卷有得'에서 비롯되었다. 또 송나라 왕벽지王闢之가 엮은 《승수연담록繩水燕談錄》 권6에는 독서를 무척 좋아했던 송나라 태종의 이야기가 실려 있다.

송나라 황제 태종 조광의는 책읽기를 좋아한 나머지 학자 이방李昉 등에게 명하여 방대한 사서辭書를 편찬케 했다. 7년 만에 완성된 이 사서는 모두 1천여 권. 송 태종 태종연간太平年間에 편찬되었으므로 그 연호를 따서 《태평총류太平總類》라는 이름을 붙였다. 태종은 크게 기뻐하며 매일 두세 권씩 1년 동안에 다 읽어보았다고 한다. 황제가 직접 읽었다고 해서 뒷날 사람들은 이 책을 《태평어람太平御覽》이라고도 부른다. 정무에 바쁜 황제가 침식을 잊고 책읽기에 몰두하자 신하들이 좀 쉬어가면서 읽으라고 간했다. 그러자 태종은 이렇게 말했다.

"책은 펼치기만 해도 유익하다네.[開券有益] 그렇기 때문에 나는 조금도 피로를 느끼지 않아."

이처럼 황제가 책읽기를 좋아하니 조야로 독서하는 풍토가 크게 유행하였다고 한다.

출전《승수연담록繩水燕談錄》

斷機之戒 단기지계

斷 끊을 단 機 틀 기 之 갈 지, 어조사 지 戒 경계할 계

풀이

짜던 베를 끊는 훈계란 뜻으로, 학업을 중도에 그만둠은 짜던 피륙의 날을 끊는 것과 같아 아무런 이익이 없다는 훈계.

유래

맹자가 어려운 학문을 닦는 도중에 학업을 그만두고 집으로 돌아오자 어머니가 짜고 있던 베의 날을 끊으며, 학문을 중도에 그만두는 것도 이와 같다고 훈계하였다. 맹자는 이에 크게 깨달은 바가 있어 다시 돌아가 열심히 공부하여 훗날 훌륭한 유학자가 되었다.

출전《후한서後漢書》

讀書三到독서삼도

讀 읽을 독, 구절 두 書 글 서 三 석 삼 到 이를 도

풀이

독서하는 데는 눈으로 보고, 입으로 읽고, 마음으로 깨우쳐야 한다는 뜻.

유래

송나라 때 주희의 〈훈학제규訓學齋規〉에 나오는 말이다. 주자에 의하면 독서에는 세 가지 비결이 있다. 즉 구도口到 · 안도眼到 · 심도心到이다. 구도는 입으로 잘 읽는 것이다. 잡담하면서 독서하지 않는 것이다. 안도는 눈으로 잘 보는 것이다. 한눈을 팔지 않고 열심히 보는 것이다. 심도는 마음으로 잘 읽는 것이다. 잡념과 망상을 버리고 전심해서 책을 읽는 것이다. 주자는 이 중에서 제일 중요한 것은 물론 심도라고 강조했다. 곧 정신을 통일하고 읽는 것이다. 요즘 학생들은 음악을 들으면서 책을 읽고, 텔레비전을 보면서 독서나 숙제를 한다. 이런 산만한 태도로는 독서와 공부의 효율은 떨어지기 십상이다.

출전 주희의 〈훈학제규〉

半部論語반부논어

半 반 반 部 떼 부, 거느릴 부 論 논할 논, 조리 윤 語 말씀 어

풀이

반 권의 논어라는 뜻으로 학습의 중요함을 이르는 말, 혹은 자신의 지식을 겸손하게 이르는 말.

유래

송나라 초에 조보趙普가 재차 재상이 되었는데, 그가 《논어》밖에 읽은 것이 없다고 말하는 사람이 있었다. 태종이 그에게 사실이냐고 묻자 조보가,

"신은 실로 평생을 《논어》밖에 모르고 살아왔습니다. 지난날 그 반으로 태조를 도와 천하를 안정시켰고, 지금은 그 반으로 폐하를 도와 태평을 이룩하고자 합니다."

라고 했다 한다. 그 뒤로 《논어》를 '반부논어半部論語' 또는 '반부半部' 라고도 쓰게 되었다.

출전 《학림옥로鶴林玉露》

晝耕夜讀주경야독

晝 낮 주　耕 밭갈 경　夜 밤 야, 고을 이름 액　讀 읽을 독, 구절 두

풀이

낮에는 농사짓고 밤에는 공부한다는 뜻으로, 바쁜 틈을 타서 어렵게 공부하는 것을 일컫는 말.

유래

중국 위나라 때 최광崔光은 집이 가난하였지만 학문을 좋아하여, 낮에는 밭을 갈고 밤에는 글을 외우며 부모를 봉양했었다는 고사에서 유래하였다. 또 그와 유사한 고사는 흔히 볼 수 있는데, 진晉나라 황보밀皇甫謐도 주경야독하며 백가百家의 전적에 달통했다고 전한다. 그리고 당나라 때 동소남董召南 또한 주경야독晝耕夜讀하며 부모에게 효도하고 처자식을 사랑하여 여러 문인들의 시에 등장하기도 했다.

우리나라에서도 그와 유사한 고사가 많은데, 그중에 농암 김창협金昌協(1651~1708)은 '귀거연歸去淵으로 돌아가는 이백상李伯祥을 송별한 서' 에서 다음과 같이 말했다.

"내(농암)가 비록 선조들의 공업을 잇지는 못하지만 세상에 나갈 뜻도 없으니, 이제 나는 선인의 낡은 집을 수리하여 거처하고 소 한 마리를 사 밭을 갈며, 책 수백 권을 가지고 그곳에 돌아가

주경야독하며 내 어머님을 봉양하고자 하네. 그리고 여가 시간에 매일 못에서 헤엄치고 돌 틈에서 배회하며 높은 벼랑에 올라 깊은 못을 굽어보고 소나무와 잣나무 그늘에서 맑은 바람을 쏘일 것이니, 이 또한 즐거움으로 장차 늙어가는 것을 잊기에 충분할 것이네. 그대는 어떻게 생각하는가?"

출전 《위서》 〈최광전〉, 《농암집》

鑿壁偸光 착벽투광

鑿 뚫을 착 壁 벽 벽 偸 훔칠 투 光 빛 광

풀이

고생을 이겨내고 공부함을 비유한 말.

유래

한나라 때, 광형匡衡이라는 사람이 있었다. 그는 책읽기를 좋아하고, 매우 열심히 공부하였다. 그러나 양초를 살 수 없을 만큼 집안이 가난하였기 때문에 밤에는 책을 읽을 수가 없었다. 그런데 이웃집의 형편은 훨씬 좋았기 때문에, 매일 저녁 촛불을 환하게 밝혔다. 광형은 이웃집에 가서 책을 볼까 하고도 생각했지만, 거절을 당한 뒤로는 용기가 나지 않았다.

광형은 한 가지 묘안을 생각해 냈다. 그는 몰래 벽에 작은 구멍을 뚫어, 이웃집의 불빛이 자기 집으로 비추도록 하여 그 빛으로 책을 읽었다. 그 당시 고을에 명망 있는 문文씨 성을 가진 사람이 있었는데, 그의 집안은 부유하고 책이 많았다. 광형은 그 집에서 품을 팔면서도 품삯을 받지 않았다. 주인은 이를 이상하게 여겨 광형에게 까닭을 묻자, 광형은 이렇게 대답하였다.

"저는 품삯을 받지 않는 대신 가지고 계신 책을 읽게 해주셨으면 합니다."

주인은 광형의 말에 감동하여, 그에게 모든 책을 주며 읽게 하였다. 이후에 광형은 많은 학식을 갖추고 태학의 박사가 되었다. 광형은 자가 치규稚圭이며, 본시 하동河東 해승海承(지금의 산둥성 창산현 난릉진) 사람으로서 널리 많은 책을 읽었다. 그는《시경》에 정통하였으며, 한나라 원제元帝 때 태자의 스승이 되었고, 후에는 승상에 임명되었다.《진서晉書》권83〈차윤전車胤傳〉에도 이와 유사한 이야기가 실려 있다.

출전《서경잡기》

懸頭刺股 현두자고

懸 달 현 頭 머리 두 刺 찌를 자, 찌를 척, 비방할 체 股 넓적다리 고

풀이

상투를 천장에 달아매고 송곳으로 허벅지를 찔러서 잠을 깨운다는 뜻으로, 학업에 매우 힘씀을 이르는 말.

유래

현두자고懸頭刺股는 자고현량刺股懸梁이라고도 하는데, 손경孫敬과 소진蘇秦 두 사람의 일화에서 유래된 고사성어가 합쳐진 것이다. '현량'은 손경 고사에서 유래되었다. 손경은 자가 문보問寶이며, 학문을 좋아하여 사람들이 찾아오지 못하도록 문을 잠근 채 밤낮을 가리지 않고 학문에 몰두하였다. 그는 공부를 하다가 졸음이 오면 노끈으로 머리카락을 묶어 대들보에 매달았다. 잠이 와서 고개를 떨구면 노끈이 팽팽해지면서 머리카락을 잡아당기는 통증 때문에 정신이 번쩍 들어 다시 공부를 계속하였다. 이와 같이 노력하여 손경은 나중에 대유학자가 되었다.

'자고'는 소진의 고사에서 유래되었다. 소진은 처음에 진秦나라 혜왕惠王에게 연횡책連橫策을 유세하다가 좌절하여 집으로 돌아왔는데, 가족들이 아무것도 이루지 못한 그를 박대하였다. 그는 자신을 한탄하며 궤짝에 들어 있는 책들을 꺼내 살펴보다가 태공

太公이 지은 《음부陰符》를 발견하였다. 소진은 송곳으로 넓적다리를 찔러 잠을 쫓아가며 그 책을 공부하는 데 몰두하였다. 1년이 지나 소진은 마침내 그 책의 이치를 터득하였고, 이를 바탕으로 종횡가로 명성을 떨치며 전국 시대 6국의 재상이 되었다. 이 두 가지 고사에서 유래하여 현량자고는 고통을 감수하고 분발하여 학문에 정진하는 것을 비유한다.

출전 《전국책戰國策》, 《태평어람太平御覽》

더 살펴보기

格物致知격물치지

格 격식 격, 가지 각 物 물건 물 致 이를 치 知 알 지

사물의 이치를 구명하여 자기의 지식을 확고하게 함.

耕當問奴경당문노

耕 밭갈 경 當 마땅 당 問 물을 문 奴 종 노

농사일은 당연히 머슴에게 물어야 한다는 뜻으로, 모르는 일은 잘 아는 사람과 상의해야 한다는 말.

曲學阿世곡학아세

曲 굽을 곡 學 배울 학 阿 언덕 아, 호칭 옥 世 인간 세, 대 세

학문을 굽히어 세상에 아첨한다는 뜻으로, 정도를 벗어난 학문으로 세상 사람에게 아첨함을 이르는 말.

教學相長교학상장

學 배울 학, 가르칠 교 相 서로 상, 빌 양 長 길 장 教 가르칠 교

가르침과 배움이 서로 진보시켜준다는 뜻으로, 사람에게 가르쳐주거나 스승에게 배우거나 모두 자신의 학업을 증진시킴, 가르치는 일과 배우는 일이 서로 자신의 공부를 진보시킴.

刮目相對괄목상대

刮 긁을 괄, 모진 바람 괄 目 눈 목 相 서로 상, 빌 양 對 대할 대

눈을 비비고 다시 보며 상대를 대한다는 뜻으로, 다른 사람의 학식이나 업적이 크게 진보한 것을 말함.

堂狗風月당구풍월

堂 집 당 狗 개 구 風 바람 풍 月 달 월

서당 개 3년에 풍월風月을 한다는 뜻으로, 무슨 일을 오래오래 보고 들으면 자연히 할 줄 알게 된다는 뜻.

讀書尙友독서상우

讀 읽을 독, 구절 두 書 글 서 尙 오히려 상 友 벗 우

책을 읽어서 옛날의 현인을 벗 삼는다는 말.

獨樹一幟독수일치

獨 홀로 독 樹 나무 수 一 한 일 幟 기 치

따로 일가를 이루다, 신국면을 개척한다는 뜻.

亡羊之歎망양지탄

亡 망할 망, 없을 무 羊 양 양 之 갈 지, 어조사 지 歎 탄식할 탄

여러 갈래 길에서 양을 잃고 탄식한다는 뜻으로, 학문의 길도 여러 갈래라 길을 잡기 어렵다는 말. 유의어 : 多岐亡羊다기망양

孟母三遷맹모삼천

孟 맏 맹 母 어머니 모 三 석 삼 遷 옮길 천

맹자의 어머니가 맹자를 제대로 교육하기 위하여 집을 세 번이나 옮겼다는 뜻으로, 교육에는 주위 환경이 중요하다는 가르침.

目不識丁목불식정

目 눈 목 不 아닐 불 識 알 식 丁 고무래 정, 장정 정

'정丁' 자를 보고도 '고무래' 임을 알지 못하는 일자무식, '낫 놓고 ㄱ자도 모른다.' 는 속담과 같은 말.

無不通知무불통지

無 없을 무 不 아닐 불, 아닐 부 通 통할 통 知 알 지

무엇이든지 환히 통하여 모르는 것이 없음.

無知莫知무지막지

無 없을 무 知 알 지 莫 없을 막, 저물 모, 덮을 멱 知 알 지

매우 무지하고 우악스러움.

聞一知十문일지십

聞 들을 문 一 한 일 知 알 지 十 열 십

하나를 들으면 열을 안다는 뜻으로, 일부분을 통해 다른 만사를 미루어 안다는 말로 머리가 매우 총명함을 이르는 말.

博覽强記박람강기

博 넓을 박 覽 볼 람(남) 强 강할 강 記 기록할 기

동서고금의 서적을 널리 읽고, 그 내용을 잘 기억하고 있음.

博學審問박학심문

博 넓을 박 學 배울 학, 가르칠 교 審 살필 심, 빙빙 돌 반 問 물을 문

널리 배우고 자세히 물어봄.

發憤忘食발분망식

發 필 발 憤 분할 분 忘 잊을 망 食 밥 식, 먹을 식, 먹이 사

분발하여 먹는 것까지 잊을 정도로 어떤 일이나 학문에 열중하여 노력함.

百年大計백년대계

百 일백 백, 힘쓸 맥 年 해 년(연) 大 클 대, 클 태, 클 다 計 셀 계

먼 앞날까지를 내다보고 세우는 큰 계획, 일반적으로 교육을 지칭함.

法古創新법고창신

法 법 법 古 예 고 創 비롯할 창, 다칠 창 新 새 신

옛것을 본받아 새로운 것을 창조함, 옛것에 토대를 두되 그것을 변화시킬 줄 알고 새것을 만들되 근본을 잃지 않아야 한다는 뜻.

不恥下問불치하문

不 아닐 불, 아닐 부 恥 부끄러울 치 下 아래 하 問 물을 문

자기보다 아랫사람에게 묻는 것을 부끄럽게 여기지 아니함을 두고 이르는 말.

手不釋卷수불석권

手 손 수 不 아닐 불 釋 놓을 석 卷 책 권

손에서 책을 놓지 아니하고 늘 글을 읽는다는 뜻으로 항상 책을 가까이 두고 열심히 공부하는 것을 가리키는 말.

識字憂患식자우환

識 알 식, 적을 지, 깃발 치 字 글자 자 憂 근심 우 患 근심 환

학식이 있는 것이 도리어 우환을 부르게 된다는 말.

實事求是실사구시

實 열매 실, 이를 지 事 일 사 求 구할 구 是 이 시, 옳을 시

사실에 토대하여 진리나 진상을 탐구하는 일.

眼透紙背안투지배

眼 눈 안 透 사무칠 투 紙 종이 지 背 등 배, 배반할 배

눈빛이 종이 뒷면까지 꿰뚫는다는 뜻으로, '책을 정독하여 그 내용의 참뜻을 깨달음' 을 이르는 말.

盈科後進영과후진

盈 찰 영 科 과정 과 後 뒤 후 進 나아갈 진

구덩이에 물이 찬 후에 밖으로 흐르듯 학문도 단계에 맞게 진행해야 한다는 뜻.

溫故知新온고지신

溫 따뜻할 온 故 연고 고 知 알 지 新 새 신

옛것을 익히고 그것을 미루어서 새것을 앎, 옛 학문을 연구하고 새로운 학문을 이해해야 비로소 남의 스승이 될 자격이 있다는 뜻.

韋編三絕위편삼절

韋 가죽 위 編 엮을 편, 땋을 변 三 석 삼 絕 끊을 절

공자가 주역을 즐겨 읽어 책의 가죽 끈이 세 번이나 끊어졌다는 뜻으로 책을 열심히 읽음을 이르는 말.

以文會友이문회우

以 써 이 文 글월 문 會 모일 회 友 벗 우

학문으로써 친구를 모음.

日就月將일취월장

日 날 일 就 나아갈 취, 관대할 여 月 달 월 將 장수 장, 장차 장

나날이 다달이 자라거나 발전함.

一以貫之일이관지

一 한 일 以 써 이 貫 꿸 관, 당길 만 之 갈 지, 어조사 지

한 가지 이치로 모든 일을 꿰뚫는다는 뜻으로 처음부터 끝까지 변하지 않음, 또는 막힘없이 끝까지 밀고 나감.

切磋琢磨절차탁마

切 끊을 절, 온통 체 磋 갈 차, 삭은 뼈 자 琢 다듬을 탁 磨 갈 마

옥돌을 자르고 줄로 쓸고 끌로 쪼고 갈아 빛을 낸다는 뜻으로, 학문이나 인격을 갈고 닦음.

青出於藍청출어람

青 푸를 청 出 날 출 於 어조사 어, 탄식할 오, 어조사 우

藍 쪽 람(남), 볼 감

쪽풀에서 뽑아낸 푸른 물감이 쪽빛보다 더 푸르다는 뜻으로, 스승보다 제자가 더 뛰어나거나 훌륭함을 이르는 말.

下學上達하학상달

下 아래 하 學 배울 학, 가르칠 교 上 윗 상 達 통달할 달

아래로는 인간의 사리를 배우고 위로는 하늘의 도리에 이른다는 말로, 낮고 쉬운 것부터 배워 깊고 어려운 것을 깨달음.

邯鄲學步한단학보

邯 조나라 서울 한 鄲 조나라 서울 단 學 배울 학 步 걸음 보

한단에서 걸음걸이를 배운다는 뜻으로, 자기의 본분을 버리고 함부로 남의 흉내를 내다가 두 가지 모두 잃음을 이르는 말.

汗牛充棟한우충동

汗 땀 한, 현 이름 간 牛 소 우 充 채울 충 棟 마룻대 동

수레에 실어 운반하면 소가 땀을 흘리게 되고, 쌓아올리면 들보에 닿을 정도의 양이라는 뜻으로, 장서가 많음을 이르는 말.

螢雪之功형설지공

螢 반딧불 형 雪 눈 설 之 갈 지, 어조사 지 功 공 공

반딧불과 눈빛으로 이룬 공이라는 뜻으로, 가난을 이겨내며 반딧불과 눈빛으로 글을 읽어가며 고생 속에서 공부하여 이룬 공을 일컫는 말.

後生可畏후생가외

後 뒤 후 生 날 생 可 옳을 가 畏 두려워할 외

젊은 후학들을 두려워할 만하다는 뜻으로, 후진들이 선배들보다 젊고 기력이 좋아, 학문을 닦음에 따라 큰 인물이 될 수 있으므로 가히 두렵다는 말.

3

선비는 자기를 알아주는 사람을 위해 목숨을 바친다

[우정]

肝膽相照간담상조

肝 간 간 膽 쓸개 담 相 서로 상, 빌 양 照 비칠 조

풀이

간과 쓸개를 내놓고 서로에게 내보일 정도로 서로 마음을 터놓고 친밀히 사귐.

유래

당나라 유종원柳宗元(773~819, 字는 子厚)이 유주자사柳州刺史로 임명되었는데 그의 절친한 친구 유몽득劉夢得도 파주자사播州刺史로 가게 되었다. 유종원이 그것을 알고 울먹이면서 말했다.

"파주는 몹시 궁벽한 변방인데 늙은 어머니를 모시고 갈 수도 없을 것이고 또한 그 사실을 어떻게 어머님께 알릴 수 있겠는가? 내가 간청하여 몽득 대신 파주로 가는 것이 좋겠다."

이처럼 유종원은 유몽득과의 우정과 의리를 소중하게 생각하였다. 그러나 얼마 후 유종원이 죽자 한유韓愈가 유종원의 우정에 감복하여 그의 묘지명을 이렇게 썼다.

"사람이란 어려운 일을 당했을 때 참된 절의節義가 드러나는 것이다. 평소에는 서로 그리워하고 같이 술을 마시며 놀고 즐겁게 웃는데 마치 간담肝膽을 내보이는 것처럼 하고 죽는 한이 있어도 우정만은 변치 말자고 맹세한다. 그러나 이해관계가 있으면 눈을

돌려 모르는 듯한 얼굴을 한다. 말은 제법 그럴 듯하지만 일단 털끝만큼의 이해관계가 생기는 날에는 눈을 부릅뜨고 언제 봤냐는 듯 안면을 바꾼다. 더욱이 함정에 빠져도 손을 뻗어 구해 주기는커녕 오히려 더 깊이 빠뜨리고 위에서 돌까지 던지는 인간이 이 세상 곳곳에 널려 있는 것이다."

출전 한유의 〈유자후묘지명柳子厚墓地銘〉

傾蓋如舊 경개여구

傾 기울 경 蓋 덮을 개, 어찌 합 如 같을 여, 말 이을 이 舊 옛 구

풀이

길가에서 서로 우연히 만나 수레 덮개를 기울이며 잠깐 멈춰서 이야기하는 사이에 오랜 벗처럼 여기게 된다는 말로, 한 번 만나자마자 서로 지기知己로 받아들임을 이르는 말.

유래

《사기》 권83 〈추양열전鄒陽列傳〉에 '흰머리가 되도록 오래 사귀었어도 처음 본 사람처럼 여겨질 때가 있고, 수레 덮개를 기울이고 잠깐 이야기하면서도 오래 사귄 벗처럼 느껴지는 경우도 있다.〔白頭如新 傾蓋如故〕' 라는 말이 나온다.

출전 《사기》 〈추양열전鄒陽列傳〉

交友以信교우이신

交 사귈 교 友 벗 우 以 써 이 信 믿을 신

풀이

삼국통일의 원동력이 된 화랑의 세속오계의 하나로, 벗을 사귐에 신의로써 사귐을 이르는 말.

유래

신라 진흥왕 때 출가하여 중국에 유학한 뒤 귀국한 원광법사가 청도 가실사에 있을 때 화랑 귀산과 추항이 찾아와 가르침을 청하자 세속오계를 지어주었다. 그 내용은 사군이충事君以忠(임금은 충성으로써 섬겨야 한다는 계율), 사친이효事親以孝(어버이를 효도로써 섬겨야 한다는 계율), 교우이신交友以信(벗은 믿음으로써 사귀어야 한다는 계율), 임전무퇴臨戰無退(전쟁에 임하여 물러나지 않아야 한다는 계율), 살생유택殺生有擇(함부로 살생을 하지 말아야 한다는 계율)이었다. 이 세속오계는 후에 화랑도의 신조가 되어 삼국통일의 기초를 이룩하게 하는 데 크게 기여하였다.

'교우이신'은 유교의 '오륜五倫'에서 나오는 '붕우유신朋友有信(벗 사이에는 믿음이 있어야 함)'과도 일맥상통한다.

출전 《삼국유사三國遺事》, 《삼국사기三國史記》

膠漆之心 교칠지심

膠 아교 교, 어긋날 호 漆 옻 칠, 삼갈 철 之 어조사 지 心 마음 심

풀이

아교와 옻의 사귐이라는 뜻으로, 매우 친밀한 사귐을 이르는 말.

유래

교칠은 아교와 옻인데, 아교와 옻을 합하면 매우 견고하게 결합하므로 변치 않는 우정을 비유할 때 쓴다. 후한 때 뇌의와 진중이란 사람이 있었다. 그들이 한 고장에 살며 벗이 되었는데 같이 《노시魯詩》와 《안씨춘추顔氏春秋》를 배웠다. 이 두 사람은 젊어서부터 우정이 매우 두터워 일찍이 태수가 진중을 효렴孝廉으로 천거했을 때는 진중이 뇌의에게 양보하고, 뇌의 또한 그 이듬해에 효렴으로 천거되었으며, 후에 둘이 똑같이 상서랑尙書郎에 임명되었다가 뇌의가 파출되자 진중 또한 병을 핑계로 벼슬을 그만두었다.

그 후 뇌의가 무재茂才에 천거되어서는 이를 진중에게 양보했으나 자사가 들어주지 않자, 뇌의는 마침내 거짓으로 미치광이가 되어 무재의 천거에 끝내 응하지 않았다. 그러자 자사는 삼부三府를 통해서 동시에 두 사람을 다 불러 벼슬을 주었다. 이에 향리 사람들이 말하기를 "교칠이 스스로 견고하다고 하지만, 뇌의와 진중의 사이만은 못 하리라."라고까지 했다 한다.

출전 《후한서》 〈진중뇌의열전陳重雷義列傳〉

金蘭之契금란지계

金 쇠 금 蘭 난초 란 之 갈 지, 어조사 지 契 맺을 계, 애쓸 결

풀이

쇠처럼 단단하고 난초 향기처럼 그윽한 사귐의 의리를 맺는다는 뜻으로, 사이좋은 벗끼리 마음을 합치면 단단한 쇠도 자를 수 있고 우정의 아름다움은 난의 향기와 같이 아주 친밀한 친구 사이나 친목을 위해 모은 계를 말하며, 친구간의 두터운 우정을 가리키기 때문에 '금란지교金蘭之交' 라고도 함.

유래

《역경易經》〈계사전繫辭傳〉 상편에 '두 사람의 마음이 같으니 그 예리함이 금석金石을 자를 수 있고, 같은 마음에서 나오는 말은 그 향기가 난蘭과 같다.[二人同心 其利斷金 同心之言 其臭如蘭]'이라 한 데서 나온 말이다.

대홍정戴洪正이라는 사람이 친구를 얻을 때마다 장부에 기록하고, 향을 피우고 조상에게 고하여 금란부金蘭簿라고 이름을 붙인 고사에서, 친구의 주소와 성명을 기록한 장부를 '금란부' 라고 부르게 되었다.

출전 《역경》〈계사전〉

桃園結義도원결의

桃 복숭아 도 園 동산 원 結 맺을 결, 상투 계 義 옳을 의

풀이

도원에서 의형제를 맺는다는 뜻으로, 서로 다른 사람들이 사욕을 버리고 목적을 향해 합심할 것을 결의함.

유래

후한 말 영제 시대 황건적이 일어날 때에 유주에서 의병을 모집하고 있었던 때에 관우關羽와 장비張飛는 형제 같은 우애로 지내고 있었는데, 그때 후한의 왕손 유비劉備를 만나서 장비의 집 뒤뜰에서 의형제를 맺었는데 훗날 이 일을 복숭아밭에서 맺은 결의라고 하여 '도원결의'라고 불렀다. 삼국지 판본에 따라 장비의 집이 아닌 유비의 집에서 결의형제를 맺었다고도 한다.

이후 세 사람은 3백 명의 의병을 이끌고 황건적 토벌에 가담하게 되었고 그 후, 제갈공명을 군사로 맞아들여 촉나라를 세워 조조의 위나라, 손권의 오나라과 함께 삼국 정립의 시대를 만들었다.

출전《한서漢書》

刎頸之交 문경지교

刎 목벨 문 頸 목 경 之 갈 지, 어조사 지 交 사귈 교

풀이

목을 벨 수 있는 벗이라는 뜻으로, 생사를 같이 할 수 있는 매우 소중한 벗을 뜻함.

유래

중국 전국 시대 조趙나라의 혜문왕惠文王 때 인상여藺相如와 염파廉頗라는 걸출한 인물이 있었다. 인상여는 무현武賢의 식객에 불과했지만 화씨지벽和氏之璧이라는 조나라의 보물을 잘 지켜 귀국한 공으로 일약 상대부上大夫가 되었다.

그 후 3년 뒤에 진나라 소양왕과 혜문왕은 민지에서 만났는데, 이때 인상여가 혜문왕을 동행하여 소양왕이 혜문왕을 욕보이려고 하자 당당하게 가로막고 나서서 혜문왕의 위신을 세워주었다. 이 공로로 그는 다시 최고의 관직이라 할 수 있는 상경上卿의 자리에 올랐다.

그러자 백전노장으로 혁혁한 공을 세운 염파는 불만이 대단하였다. 그래서 염파는 인상여를 만나면 망신을 주리라 벼르고 있었다. 그 말을 전해들은 인상여는 염파와 마주치지 않으려고 피하니 부하들이 물었다.

"왜 그렇게 염파 장군을 두려워합니까?"

인상여가 대답하기를,

"진秦나라가 공격하지 못하는 이유는 나와 염파 장군이 있기 때문이다. 그런데 우리 둘이 서로 헐뜯고 싸운다면 나라가 위태로워질 것이다."

이 이야기를 전해들은 염파는 옷을 벗어 살을 드러내고 곤장을 지고 인상여의 집에 이르러 사죄하며 말했다.

"매우 비천한 저를 선생께서 이렇게까지 관대히 대하리라고는 알지 못했습니다."

그리고 마침내 인상여와 염파는 목에 칼이 들어와도 변하지 않는 사이라는 뜻을 지닌 '문경지교'를 맺었다.

출전 《사기史記》 〈염파인상여전廉頗藺相如傳〉

忘年之交망년지교

忘 잊을 망 年 해 년, 아첨할 녕(영) 之 갈 지, 어조사 지 交 사귈 교

풀이

나이 차이를 잊고 허물없이 서로 사귐.

유래

공융孔融은 중국 후한 말기의 저명한 학자로 북해의 재상이 되어 학교를 세웠고, 조조를 비판하다가 일족과 함께 처형되었던 비운의 인물이다. 그가 조조에게 처형되기 전에 조조는 그의 명성을 흠모하여 책사로 등용하려 했으나, 공융은 예형을 추천했다.

당시 공융은 나이 40여 세로 예형보다 무려 스무 살이나 많았지만 서로가 깊이 인정하고 나이를 잊고 사귀는 사이였다. 후일 예형 또한 조조를 거침없이 비판하고, 유표劉表에게로 보내졌으나 오만한 성격으로 인해 죽임을 당한다. 하지만 이들이 나이를 잊고 서로 사귄 망년지교는 세상에 널리 알려졌다.

그리고 중국 양나라 하손은 담현 사람으로 여덟 살에 벌써 시를 짓고 스무 살 때 수재秀才가 되었다. 그와 같은 시대의 대시인으로 알려진 범운范雲(451~503)은 그의 재능을 알아보고 나이를 상관않고 그와 '망년지교忘年之交'를 맺었다고 전해진다.

출전 《후한서》〈예형전〉, 《남사南史》〈하손전〉

益者三友 損者三友익자삼우 손자삼우

益 더할 익 者 놈 자 三 석 삼 友 벗 우
損 덜 손 者 놈 자 三 석 삼 友 벗 우

풀이

사귀어 자기에게 유익한 세 부류의 벗[益者三友]과 사귀면 손해가 되는 세 가지 부류의 벗.[損者三友]

유래

일찍이 공자는 사귀어서 유익한 세 부류의 벗과 해가 되는 세 부류의 벗에 대해 설파했다. 즉 '유익한 벗은 정직한 벗, 믿음이 있는 벗, 견문이 많은 벗이요, 손해가 되는 벗은 남의 비위를 잘 맞추어 아첨하는 벗, 줏대가 없는 벗, 성실한 마음이 없고 겉으로만 유화한 벗이다.'

출전 《논어論語》 〈계씨季氏〉

더 살펴보기

鷄黍之交계서지교

鷄 닭 계 黍 기장 서 之 갈 지, 어조사 지 交 사귈 교

후한 때 범식范式은 장소張昭와 사귀다가 헤어질 때 범식이 장소에게 2년 후에 꼭 찾아올 것이라 약속을 했는데, 장소는 그의 말을 철석처럼 믿고 집에서 닭과 기장을 마련하여 범식을 기다린 것에서 유래함. 친구 간에 약속을 꼭 지킨다는 의미에서 '계서지약鷄黍之約' 이라고 함.

季札掛劍계찰괘검

季 끝 계, 성 계 札 패 찰 掛 걸 괘 劍 칼 검

신의를 중히 여김. 오나라의 계찰이 사신으로 가는 길에 서국徐國을 들르게 되었던 바, 그 나라 군주가 자신의 칼을 얻고자 함을 알고 그에게 줄 것을 마음먹고 있다가 돌아오는 길에 서국에 들렀는데 군주는 이미 죽은 뒤라 자신의 칼을 그의 묘소에 걸어놓고 돌아왔다는 고사에서 유래됨.

金石之交금석지교

金 쇠금 石 돌 석 之 어조사 지 交 사귈 교

쇠나 돌의 사귐이라는 뜻으로 우정이 단단함을 가리키는 말.

管鮑之交관포지교

管 피리 관, 성씨 관 鮑 절인 어물 포, 성씨 포 之 어조사 지 交 사귈 교

중국 춘추 시대의 관중管仲과 포숙아鮑叔牙 사이와 같은 사귐이란 뜻으로, 시세를 떠나 친구를 위하는 두터운 우정을 일컫는 말이다. 관중은 '나를 낳아준 이는 부모이지만 나를 진정으로 알아준 사람은 포숙아이다.' 라고 말할 정도였다.

近墨者黑근묵자흑

近 가까울 근 墨 먹 묵 者 사람 자 黑 검을 흑

먹을 가까이 하면 검어진다는 뜻으로, 친구나 사람을 가려 사귀라는 말. 유사한 성어로 붉은 빛에 가까이 하면 반드시 붉게 된다는 '근주자적近朱者赤'이 있다.

斷金之交단금지교

斷 끊을 단 金 쇠 금 之 어조사 지 交 사귈 교

쇠도 자를 수 있는 사귐으로, 두 사람의 굳은 우정을 가리킴.

淡水之交담수지교

淡 맑을 담 水 물 수 之 갈 지, 어조사 지 交 사귈 교

맑은 물과 같은 사귐이라는 뜻으로, 담백하고 변함없는 우정. 교양이 있는 군자의 교제라고 하여 '군자지교君子之交'라고도 함.

莫逆之交막역지교

莫 없을 막, 저물 모, 덮을 멱 逆 거스를 역 之 어조사 지 交 사귈 교

아주 허물없는 사귐.

半面之交반면지교

半 반 반 面 낯 면, 밀가루 면 之 어조사 지 交 사귈 교

얼굴만 겨우 알 뿐이고 교제는 얕은 사이, 혹은 '일면지교一面之交' 라고도 한다.

泛泛之交범범지교

泛 뜰 범, 물소리 핍, 엎을 봉 之 어조사 지 交 사귈 교

차근차근한 맛과 깊이가 없이 평범하고 밋밋한 사귐을 뜻함.

貧賤之交빈천지교

貧 가난할 빈 賤 천할 천 之 어조사 지 交 사귈 교

가난하고 천한 시절의 사귐이라는 뜻으로 과거 함께 고생했던 친구를 이르는 말.

水魚之交수어지교

水 물 수 魚 고기 어 之 어조사 지 交 사귈 교

물과 물고기처럼 불가분의 관계라는 뜻으로 임금과 신하, 혹은 부부의 친밀한 사이를 이르는 말.

十年知己십년지기

十 열 십 年 해 년 知 알 지 己 자기 기

십 년 동안 사귄 친구, 오래 사귄 친구.

杵臼之交저구지교

杵 공이 저 臼 절구 구 之 갈 지, 어조사 지 交 사귈 교

절굿공이와 절구와의 관계로 서로 없어서는 안 될 사이, 귀천을 가리지 않고 사귐.

點頭之交점두지교

點 점 점 頭 머리 두 之 갈 지, 어조사 지 交 사귈 교

상대방과 만났을 때나 이야기할 때에 머리를 약간 끄덕이며 아는 체할 정도의 친구, 감정이 깊지 않은 친구를 뜻함.

竹馬故友죽마고우

竹 대 죽 馬 말 마 故 연고 고, 옛 고 友 벗 우

대나무 말을 타고 놀던 옛 친구라는 뜻으로, 어릴 때부터 가까이 지내며 자란 친구를 이르는 말.

芝蘭之交지란지교

芝 지초 지 蘭 난초 란(난) 之 갈 지, 어조사 지 交 사귈 교

지초芝草와 난초蘭草같이 고상하고 청아한 교제.

知音之交지음지교

知 알 지 音 소리 음 之 갈 지, 어조사 지 交 사귈 교

춘추 시대 때 거문고의 명인이었던 백아와 그의 거문고 소리를 잘 들어주고 이해해 주던 친구 종자기의 고사에서 유래한 말로 종자기가 죽자 백아가 거문고 줄을 끊어버렸다고 하여 '백아절현伯牙絕鉉'이라고도 함. 자신을 진정으로 이해하는 친구를 뜻함.

八拜之交팔배지교

八 여덟 팔 拜 절 배 之 갈 지, 어조사 지 交 사귈 교

팔배八拜는 옛날에 친분 있는 가까운 집안끼리의 자식들이 상호 집안의 연장자를 만났을 때 하는 인사로, 후에 의형제 맺는 것을 가리켜 '팔배지교' 라고 함.

布衣之交포의지교

布 베 포, 펼 포, 보시 보 衣 옷 의 之 갈 지, 어조사 지 交 사귈 교

벼슬이 없는 선비와 서민의 교제라는 뜻으로, 신분이나 지위를 떠나고, 이익 따위도 바라지 않는 교제를 비유해 이르는 말.

患亂之交환란지교

患 근심 환 亂 어려울 난(란) 之 갈 지, 어조사 지 交 사귈 교

어려운 역경을 딛고 사귄 소중한 친구를 뜻함.

옛사람의 교제-택교편擇交篇

신흠申欽(1566~1628)

북산北山에서 나는 나무가 비록 아름답지만 궁궐을 짓는 데에 쓰자면 반드시 자르고 다듬어야 되고, 곤륜산에서 나는 옥이 비록 아름답지만 제후들이 갖는 인장印章으로 쓰는 환규桓圭와 곡벽穀璧에 쓰자면 반드시 쪼고 갈아야 된다. 사람의 자질도 비록 아름답게 타고났지만 활용해서 기업器業이 되게 하자면 반드시 벗이 도와주어야 된다. 벗이 어질지 못하면 자못 서툰 목수가 재목을 다듬고 용렬한 장인이 옥을 다듬는 것과 같으므로 필연코 이루어지지 않을 것이다.

수많은 인파 속에 놀면서 제일가는 사람과 벗을 삼지 못하면 선비가 아니다. 자신이 제일가는 사람이 된 다음에 제일가는 사람이 찾아오는 법이므로, 제일가는 사람과 벗을 삼고자 한다면 먼저 자신이 제일가는 사람이 되게 해야 한다. 제일이라 하는 것도 한 가지가 아니다. 문장의 분야에서 제일가는 것도 제일이고, 재주 중에서 제일가는 것도 제일이고, 기술의 분야에서 제일가는 것도 제일이고, 풍채 중에서 제일가는 것도 제일이고, 말을 제일 잘하는 것도 제일이니, 제일인 것은 마찬가지이지만 모두 내가 말하는 제일은 아니다. 내가 말하는 제일은 오직 덕이 제일가는 것과 학문이 제일가는 것이다.

출전 《상촌선생집》

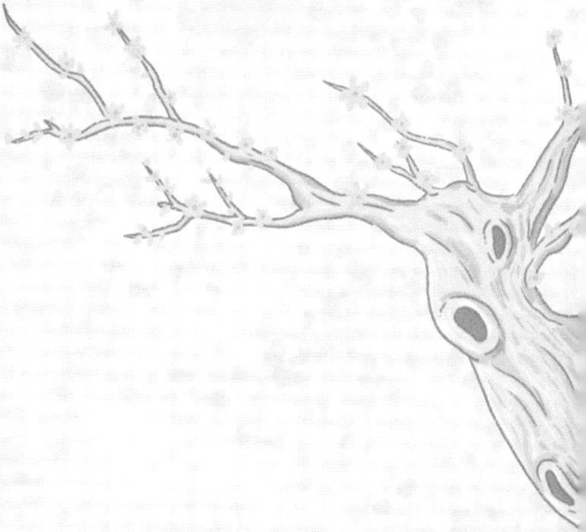

4

꿈속에서도 함께 있고 싶었던 남녀 간의 사랑 이야기

[사랑 · 연애]

巫山之夢무산지몽

巫 무당 무 山 메 산 之 갈 지, 어조사 지 夢 꿈 몽

풀이

무산巫山의 꿈이라는 뜻으로, 남녀의 밀회나 정교情交를 이르는 말, 특히 미인과의 침석을 말하기도 함.

유래

옛날에 초나라 양왕襄王이 송옥宋玉을 데리고 운몽雲夢의 누대에서 노닐었다. 그때 고당관高唐館을 바라보니 그 위에만 구름이 몰려 있었는데, 그 구름은 갑자기 높이 솟아오르는가 싶더니 홀연히 모양을 바꾸는 등 짧은 시간에 변화무쌍하였다. 이에 양왕이 송옥에게 물었다.

"저것은 무슨 조화인가?"

송옥이 대답했다.

"조운朝雲이라는 것입니다."

왕이 또 물었다.

"조운이라는 것이 무엇인가?"

송옥은 이렇게 대답했다.

"옛날에 선왕이신 회왕懷王이 일찍이 고당관에 노니셨을 때 피곤하여 낮잠을 주무신 적이 있었습니다. 그때 꿈속에서 한 여인이

갑자기 나타나서 이렇게 말했다고 합니다. '나는 무산의 여신입니다. 우연히 고당관을 찾아왔다가 왕께서 오셨다는 말을 듣고 왔으니 함께 베개를 베고 잠을 잤으면 합니다.' 이로 인해 회왕은 그 여자와 잠자리를 같이했습니다. 이윽고 떠날 때가 되자 그 여자는 이렇게 이별을 고했습니다. '저는 무산 남쪽의 험한 벼랑에 살고 있습니다. 아침에는 아침 구름이 되고 저녁에는 지나가는 비가 되어 아침저녁마다 양대陽臺 아래에 있을 것입니다.'

다음날 아침에 회왕이 무산의 남쪽을 바라보니, 과연 여자의 말과 같았습니다. 그래서 그곳에 사당을 짓고 그 이름을 '조운'이라고 하였습니다."

출전 《문선文選》, 송옥의 〈고당부高唐賦〉

比翼連理비익연리

比 견줄 비 翼 날개 익 連 잇닿을 연(련) 理 다스릴 리(이)

풀이

암수가 각각 눈 하나에 날개가 하나씩이라서 짝을 짓지 않으면 날지 못한다는 비익조比翼鳥와 한 나무의 가지가 다른 나무의 가지와 맞붙어서 서로 결이 통한 연리지連理枝라는 뜻으로, 청춘 남녀 간이나 부부의 사이가 깊고 화목함을 비유해 이르는 말.

유래

비익조는 중국 숭오산에 산다고 전해지는 전설적인 새로, 암수의 눈과 날개가 각각 하나이기 때문에 항상 나란히 한 몸이 되어야만 날 수 있다고 하며, 연리라는 나무는 두 그루의 나무이지만 가지가 서로 연결되어 나뭇결이 상통한다는 데서 남녀 간의 깊은 정분을 뜻한다. 당나라 시대의 시인 백거이는 장편 서사시 〈장한가長恨歌〉에서 당 현종과 양귀비와의 애틋한 사랑을 비익조와 연리지에 비유하여 이렇게 노래했다.

7월 7일 장생전에서[七月七日長生殿]
깊은 밤 사람들 모르게 한 맹세[夜半無人和語時]
하늘에서는 비익조 되기를 원하고[在天願作比翼鳥]

땅에서는 연리지 되기를 원하네[在地願爲連理枝]
장구한 천지도 다할 때가 있지만[天長地久有時盡]
이 한은 끝없이 계속되네[此恨綿綿無絕期]

우리나라의 서거정 역시 '상사원相思怨' 이란 시에서 비익조와 연리지를 다음과 같이 인용하고 있다.

낭군님 녹기금 타는 손을 잠깐 멈추고[請君小停綠綺琴]
이내 소첩의 상사음을 들어보소서[聽我小妾相思吟]
그 옛날 이팔청춘 꽃다운 시절엔[憶昔紅顔二八時]
진중하여 서로 그리는 마음 단단히 맺어서[珍重百結相思心]
흡사 비익조나 연리지와도 같이[比翼之鳥連理枝]
정녕 진실한 맹세 다할 기약 없었지요[丁寧信誓無盡期]

출전 백거이의 〈장한가〉, 《사가시집》

愛別離苦애별리고

愛 사랑 애 別 나눌 별 離 떠날 리, 산신 리 苦 쓸 고, 땅 이름 호

풀이

불교에서 말하는 여덟 가지 괴로움[八苦]의 하나로, 사랑하는 사람과 헤어져야 하는 괴로움.

유래

'애별리고'는 불교의 교리 중에서 중생들이 받는 여덟 가지 고통 중 하나이다. 《대반열반경》에는 팔고를 다음과 같이 설명하고 있다.

'비구들이여, 고제는 이른바 여덟 가지 괴로움이니, 첫째는 태어나는 괴로움[生苦]이요, 둘째는 늙는 괴로움[老苦]이요, 셋째는 병드는 괴로움[病苦]이요, 넷째는 죽는 괴로움[死苦]이요, 다섯째는 바라는 것을 얻지 못하는 괴로움[求不得苦]이요, 여섯째는 미워하는 사람을 만나는 괴로움[怨憎會苦]이요, 일곱째는 사랑하는 사람과 이별하는 괴로움[愛別離苦]이요, 여덟째는 5음陰으로 인하여 괴로움을 받는 괴로움[五受陰苦]이다.'

그중에 '애별리고'는 사랑하는 사람과 헤어져야 하는 괴로움으로 《대반열반경》에는 세존께서 아난이 사랑하는 사람과 이별을 크게 괴로워하는 것을 보시고 범음梵音으로 다음과 같은 위로의

게송을 읊었다고 한다.

“모든 유위법은 모두 무상으로 귀결하나니, 은혜와 사랑으로 만난 것은 반드시 이별하기 마련이네. 모든 행行과 존재[法]가 이와 같으니, 근심도 괴로움도 일으키지 말아야 하네.”

출전《대반열반경》

月下老人 월하노인

月 달 월 下 아래 하 老 늙을 노(로) 人 사람 인

풀이

혼인을 중매하는 사람을 이르는 말.

유래

당나라의 두릉에 살고 있던 위고韋固라는 사람이 있었는데, 어느 해 달밤에 송성宋城에 지나가다가 길모퉁이에 어떤 노인이 자루를 옆에 놓고 땅바닥에 주저앉아 무슨 책인지 뒤적거리고 있는 것을 보았다. 이상하게 여긴 위고는 노인의 곁으로 다가가 무엇을 하고 있는지를 물었다.

그러자 노인은 세상 사람들의 혼처에 관한 책을 보고 있고, 또 보따리 속에 가득 든 붉은 끈은 그것으로 한 번 묶어두면 아무리 멀리 있고, 원수지간이라도 반드시 맺어진다고 대답했다. 한 마디로 이 노인은 바로 세상 모든 남녀의 인연을 맺어주는 사람이었던 것이다.

이 말을 들은 위고는 자신도 총각인지라 자신의 아내가 될 사람이 어디에 있는지 궁금하여 물었다. 그러자 노인은 말했다.

"당신의 배필은 지금 송성에서 채소를 파는 진陳이라는 노파가 안고 있는 갓난아기이다."

그로부터 세월이 흘러 14년 후, 위고는 상주相州의 관리가 되어 그곳 자사 왕태王泰의 딸과 결혼하였다. 그런데 신부가 첫날밤에 말하기를,

"실은 저는 자사의 친딸이 아니옵니다. 친아버지는 제가 갓난아기 때에 송성에서 벼슬하시다 돌아가셨고, 진씨 성을 지닌 저의 늙은 유모가 채소를 팔아가며 길러주셨습니다. 그래서 지금도 송성 북쪽에 계신 진 할머니를 가끔 생각한답니다."

이 말을 듣고 위고는 깜짝 놀라 예전에 만난 노인의 신통함에 감탄하게 되었다.

출전《속유괴록續幽怪錄》

屋烏之愛옥오지애

屋 집 옥, 휘장 악 烏 까마귀 오, 나라 이름 아 之 어조사 지 愛 사랑 애

풀이

사랑하는 사람의 집 지붕 위에 앉은 까마귀까지도 사랑한다는 뜻으로, 지극한 애정을 이르는 말.

유래

《상서尙書》에 태공이 말하기를,

"신이 들으니 누군가를 사랑하는 사람은 그 집 지붕 위에 앉은 까마귀조차도 사랑스럽다 한답니다. 누군가를 미워하면 그 집 사위까지도 미워한답니다. 이와 같지 않습니까?"

또 《설원說苑》 〈귀덕貴德〉편에 무왕은 강태공을 불러 묻기를,

"장차 이 은나라의 선비와 군중은 어떻게 처리하면 좋을까?"

태공이 대답하였다.

"제가 들으니 누군가를 사랑하는 사람은 그 집 지붕 위에 앉은 까마귀조차도 사랑스럽다 한답니다. 누군가를 미워하는 사람은 그 집 사위나 인척조차 미워한다고 한답니다."

'옥오지애屋烏之愛'는 남녀 간의 사랑뿐만 아니라 절친한 친구 간의 우정을 비유할 때도 애용된다. 구한말에 지씨 성의 공인貢人이 쓴 일기책인 《하재일기》에는 다음과 같은 시가 있다.

나막신 굽으로 모래를 갈며
시내를 건너서 그대를 찾아옴은
옥오屋烏를 사랑해서라오.
이 좋은 밤 좋은 친구에 명월도 함께하여
시 짓고 술 마시며 꽃구경까지 하는구나.

출전 《상서》, 《설원》, 《하재일기荷齋日記》

勺藥之贈작약지증

勺 구기 작 藥 약 약 之 갈 지, 어조사 지 贈 줄 증

풀이

함박꽃 선물이라는 뜻으로, 남녀 간에 향기로운 함박꽃을 보내어 정을 더욱 두텁게 함을 이르는 말.

유래

《시경》 〈정풍鄭風〉에 나오는 '진유溱洧'라는 시에서 비롯된 것이다. 그 시의 내용은 이렇다.

진수溱水와 유수洧水, 지금 넘실거리고 있네.
총각과 처녀들이 지금 난초를 들고 있네.
처녀가 '보았나요?' 하니, 총각이 '보았지요.' 한다.
'우리 또 유수 건너서 구경하러 갈까요?
유수의 밖은 정말 즐겁고 재미있을 거예요.'
총각과 처녀들은 웃으며 장난치며 놀다가
서로 작약을 주며 헤어진다.

출전 《시경》 〈정풍〉

鍾鼓之樂종고지락

鍾 쇠북 종 鼓 북 고 之 어조사 지 樂 즐길 락, 노래 악, 좋아할 요

풀이

종과 북의 조화로운 소리라는 뜻으로, 남녀 사이의 다정하고 화목한 즐거움을 비유한 말.

유래

《시경》의 맨 처음에 나오는 '관저' 라는 시에서 비롯된 말이다. 그 내용은 이렇다.

끼룩끼룩하는 저 물오리여, 하수의 물가에 있도다. 요조숙녀窈窕淑女여, 군자의 좋은 짝이로다. 들쭉날쭉 마름 나물을 좌우로 흘려 취하도다. 요조숙녀를 자나 깨나[寤寐不忘] 구하도다. 구하여도 얻지 못함이라. 자나 깨나 생각하고 그리워하여 아득하고 아득하니라. 이리 뒤턱 저리 뒤턱 엎치락뒤치락[輾轉反側]하도다. 들쭉날쭉 마름 나물을 좌와 우로 캐도다. 요조숙녀를 금슬琴瑟로 화하도다. 들쭉날쭉 마름 나물을 좌와 우로 삶도다. 요조숙녀를 종과 북으로 즐기도다.[鍾鼓之樂]

이 시에 나오는 '요조숙녀, 오매불망, 전전반측, 금슬, 종고지락'은 후세에 남녀 간의 사랑과 관련된 문구로 많이 애용되었다.

출전《시경詩經》

더 살펴보기

尾生之信 미생지신

尾 꼬리 미 生 날 생 之 갈 지, 어조사 지 信 믿을 신

미생의 믿음이란 뜻으로, 우직하게 약속만을 굳게 지키거나 혹은 융통성 없이 약속만을 굳게 지킬 때를 비유함.

百年佳約 백년가약

百 일백 백 年 해 년 佳 아름다울 가 約 묶을 약

백년을 함께하자는 아름다운 언약이라는 뜻으로 부부가 되어 한평생 같이 지내자는 아름다운 약속을 이르는 말.

百年偕老 백년해로

百 일백 백 年 해 년 偕 함께 해 老 늙은이 로(노)

부부가 화락하여 함께 늙음. 유사한 성어인 '해로동혈偕老同穴'은 살아서는 함께 늙다가 죽어서는 같은 무덤에 묻힌다는 뜻.

氷炭相愛 빙탄상애

氷 얼음 빙 炭 숯 탄 相 서로 상 愛 사랑 애

얼음은 숯불에 녹아서 물이 되고 숯불은 얼음 때문에 꺼져서 다 타지 않고 숯으로 그냥 남음으로써 서로 사랑함의 비유로 쓰임.

愛之重之애지중지

愛 사랑 애 之 갈 지, 어조사 지 重 무거울 중, 아이 동 之 어조사 지

매우 사랑하고 소중히 여김.

雲雨之情운우지정

雲 구름 운 雨 비 우 之 어조사 지 情 뜻 정

남녀 간의 정교를 비유한 것. 유사한 성어로 '운우지락雲雨之樂'과 '조운모우朝雲暮雨'가 있다.

月下氷人월하빙인

月 달 월 下 아래 하 氷 얼음 빙, 엉길 응 人 사람 인

월하노인과 빙상인氷上人이 합쳐진 약어로 남녀의 인연을 맺어주는 사람.

輾轉反側전전반측

輾 구를 전 轉 구를 전 反 되돌릴 반 側 곁 측

생각과 고민이 많아 잠을 이루지 못하거나, 잠을 이루지 못해 뒤척임을 되풀이하는 것을 '전전반측'이라 한다. 전輾은 반쯤 돌아 몸을 모로 세우는 것이고, 전轉은 뒹군다는 뜻이다. 반反은 뒤집음, 측側은 옆으로 세운다는 뜻으로 원래 아름다운 여인을 그리워하여 잠을 이루지 못하는 것을 비유한 말이다. 유사한 성어로 '오매불망寤寐不忘'과 '오매사복寤寐思服'이 있다.

糟糠之妻조강지처

糟 전국 조 糠 겨 강 之 어조사 지 妻 아내 처

지게미와 쌀겨를 먹으며 함께 고생을 나눈 아내라는 뜻으로 가난할 때에 함께 고생을 하며 살아온 본처.

破鏡重圓파경중원

破 깨뜨릴 파 鏡 거울 경 重 무거울 중 圓 둥글 원

깨진 거울이 다시 둥글게 된다는 뜻으로 '헤어진 부부가 다시 만나 가정을 꾸린다.' 는 의미의 말.

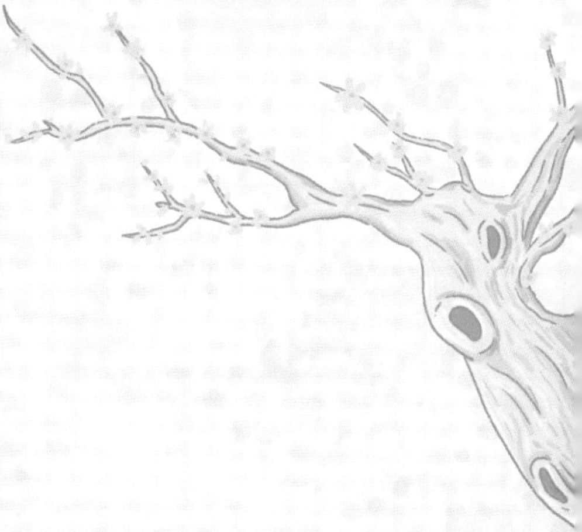

5

옛날 미인과 미남의 기구한 운명

[용모와 성격 · 품행]

佳人薄命가인박명

佳 아름다울 가 人 사람 인 薄 엷을 박, 동자기둥 벽, 풀이름 보
命 목숨 명

풀이

아름다운 사람은 수명이 짧다는 뜻으로, 여자의 용모가 너무 아름다우면 운명이 기박하고 수명이 짧다는 말.

유래

중국 북송 후기의 대문장가인 동파 소식蘇軾이 중앙부서의 요직에서 쫓겨나 항주, 양주 등의 지방 장관으로 전전할 때였다. 어느 날 소식은 한 절에 들렀다가 나이가 이미 삼십이 넘었다는 한 예쁜 여승을 보았다. 그는 여승의 우수에 젖은 듯한 표정을 보고 그녀가 젊었을 때의 모습과 파란만장했던 삶을 상상했다. 그리고 역사적으로 미인은 운명이 기박했음을 상기하면서 자신의 운명을 대비하여 '박명가인薄命佳人' 이란 시를 다음과 같이 남겼다.

두 뺨은 우윳빛을 띠고, 검은 머리털은 옻칠을 한 듯
주렴 사이로 구슬 같은 눈빛이 빛나네.
마치 선녀의 옷처럼 흰 비단으로 옷을 지어 입고
타고난 색 더럽힐까 연지조차 바르지 않았네.

오나라 말소리는 귀엽고 부드러워 앳되기만 한데
그녀의 끝없는 근심을 전혀 알 수 없다네.
예로부터 미인의 운명은 기박하다 하니,
버들 꽃 떨어지고 봄날이 가니 문을 닫네.

출전 소식의 〈박명가인〉

傾國之色 경국지색

傾 기울 경 國 나라 국 之 갈 지, 어조사 지 色 빛 색

풀이

매우 아름다운 미인으로 나라를 기울게 할 만한 여자라는 뜻.

유래

한나라 무제 때 악부樂府에 음악적 재능이 있고 춤이 뛰어난 이연년李延年이란 악사가 있었다. 그가 어느 날 무제 앞에서 자신의 누이동생을 빗대어서 다음과 같은 노래를 지어 바쳤다.

북방에 아름다운 여인이 있는데,
세상에 견줄 만한 것 없어 홀로 외롭게 서 있다네.
한 번 돌아보면 성이 기울고,
두 번 돌아보면 나라도 기우네.

무제는 이연년이 부른 노래의 뜻을 알아차리고 바로 그의 누이동생을 불렀는데, 과연 절세미인이었다. 또한 가무에도 능하여 무제는 그녀에게 한없이 빠져버리고 말았다. 같은 뜻으로 '경성지미傾城之美', '경성지색傾城之色', '일고경성一顧傾城' 등이 있다.

출전 《한서》 〈이부인전李夫人傳〉

氷淸玉潤 빙청옥윤

氷 얼음 빙, 엉길 응 淸 맑을 청 玉 구슬 옥 潤 불을 윤, 윤택할 윤

풀이

얼음과 같이 맑고 구슬과 같이 윤이 난다는 뜻으로, 장인과 사위의 인물 됨됨이가 뛰어남을 이르는 말.

유래

중국 서진西晉 시대 하동 안읍 출신의 위개라는 사람이 있었다. 풍채가 수려하고 특이하게 생겨서 어렸을 때에 그의 할아버지가 말하기를,

"이 아이는 보통 사람과 다를 것이다. 내가 늙어서 성장하는 것을 보지 못해 안타깝구나!"

라고 했다. 장성하자 머리를 총각처럼 묶고 양이 끄는 수레를 타고 성시城市로 나가면 보는 사람마다 옥같이 맑은 젊은이라고 칭송하면서 구름처럼 몰려와서 구경을 했다. 위개의 외숙인 왕제王濟는 표기 장군으로 늠름하고 호탕하게 생겼는데, 매번 위개를 만나면 문득문득 한탄하면서 말했다.

"내가 위개 옆에 있으면 늘 초라해 보인다."

또 위개를 만나는 사람마다 이구동성으로 말했다.

"위개 곁에 있으면 마치 맑게 빛나는 구슬 곁에 있는 것 같다."

위개는 세속적인 일에 관심이 없고, 도가의 오묘하고 깊은 이치를 말하기 좋아했다. 그리고 사람이 부족한 점이 있으면 잘 감싸주었고, 엉뚱한 일로 간섭하면 이치로 깨우치는 등 평생 얼굴에 기뻐하거나 노여워하는 표정을 담지 않았다.

위개의 장인인 악광樂光도 천하에 명성이 높은 선비였는데, 그의 외모 또한 준수하여 세인들이 '장인은 얼음과 같이 맑고[氷淸], 사위는 구슬과 같이 윤이 난다.[玉潤]' 고 칭송하였다.

위개는 여러 차례 관직에 오르라는 명령이 있었지만 나가지 않았다. 나중에 태부서각제주太傅西閣祭酒가 되어 태자세마太子洗馬에 올랐으나 세상이 어지러워지자 가족을 이끌고 건업으로 옮겼다. 그러나 사람들이 그의 수려한 외모와 인품에 대한 소문을 듣고 늘 구름처럼 몰려가 구경했다. 그는 본래 병약한 몸이었는데, 사람들이 너무 찾아와서 성가시게 하는 바람에 요절했다. 그래서 세간에는 위개가 사람들이 너무 쳐다보는 바람에 죽었다는 소문이 났다.

출전 《진서晉書》 〈위개전〉

顔如舜華안여순화

顔 얼굴 안 如 같을 여 舜 순임금 순 華 빛날 화

풀이

여인의 얼굴이 어여쁜 무궁화 꽃 같다는 뜻으로 미인을 형용한 말.

유래

《시경》〈정풍〉편의 '한 수레에 탄 여자[有女同車]' 라는 시에 나오는데, 그 내용은 이렇다.

한 수레에 탄 여자,
얼굴은 어여쁜 무궁화 꽃 같다네.[顔如舜華]
가벼운 걸음걸이에 허리에 찬 패옥 달랑거리네.
강씨네 어여쁜 맏딸은 참으로 예쁘고 아리따워.

이 시는 정나라 장공莊公의 세자 홀忽이 제나라에 공을 세우자, 제나라 제후가 홀을 사위로 삼으려 하였다. 그러나 홀이 거부하여 결국 제나라에서 쫓겨나는 신세가 되었다. 이에 제나라 사람들이 홀이 여자를 버린 것을 풍자해 지은 것으로 전해진다.

출전 《시경》〈정풍〉

西施嚬目 서시빈목

西 서녘 서 施 베풀 시 嚬 찡그릴 빈 目 눈 목

풀이

서시가 눈을 찡그리는 모습을 본 이웃집 추녀가 그 모습이 아름답다고 여겨 자기도 따라했다는 뜻으로, 함부로 남을 흉내 내다가 웃음거리가 됨을 이르는 말.

유래

춘추 시대 월나라의 미인인 서시가 평소 가슴앓이 병이 있어 눈을 찡그리고 있을 때가 많았는데, 그 마을의 다른 추녀가 이를 보고 아름답다고 여기고 집으로 돌아와서 역시 가슴에 손을 얹고 눈을 찡그리기를 일삼았다. 그 후부터 어떤 이는 문을 닫고 밖으로 나오지 않았고, 어떤 이들은 아예 그 마을을 떠나버렸다고 한다.

출전 《장자莊子》 〈천운天運〉

沈魚落雁 침어낙안

沈 잠길 침, 성씨 심 魚 물고기 어 落 떨어질 낙(락) 雁 기러기 안

풀이

미인을 보고 부끄러워서 물고기는 물속으로 들어가고 기러기는 땅으로 떨어진다는 뜻으로, 천하절세의 미인을 형용하여 이르는 말.

유래

중국 춘추 시대 말기 월나라에 서시라는 미인이 있었다. 어느 날 그녀는 강변에 있었는데 맑고 투명한 강물이 그녀의 아름다운 모습을 비추었다. 그러자 수중의 물고기가 수영하는 것을 잊고 천천히 강바닥으로 가라앉았다. 그래서 서시는 침어沈魚라는 칭호를 얻게 되었다. 서시는 오나라 부차에게 패한 월왕 구천의 충신 범려가 보복을 위해 그녀에게 예능을 가르쳐서 호색가인 오왕 부차에게 바쳤다. 부차는 서시의 미모에 사로잡혀 정치를 돌보지 않게 되어 마침내 월나라에 패망했다고 전해진다.

또 한나라 원제 때에 북쪽의 흉노와 화친을 위해 전국에서 재주와 용모를 겸비한 미인을 선발했는데, 왕소군이라는 여인이 선택되었다. 그리하여 본인의 의중과는 상관없이 흉노의 선우와 결혼하기 위해 집을 떠나가는데, 도중에 멀리서 날아가고 있는 기러기

를 보고 고향 생각이 나서 서럽게 거문고를 연주하자 한 무리의 기러기가 그 소리를 듣고 날개 움직이는 것을 잊고 땅으로 떨어져 내렸다. 이에 왕소군에게 낙안落雁이라는 칭호를 붙여주었다고 한다.

출전 《도사기倒紗記》

더 살펴보기

丹脣皓齒단순호치

丹 붉을 단 脣 입술 순 皓 흴 호 齒 이 치

붉은 입술과 하얀 이란 뜻으로, 미인의 아름다운 얼굴을 이르는 말. 같은 뜻으로 '주순백치朱脣白齒', '주순호치朱脣皓齒' 도 있음.

無比一色무비일색

無 없을 무 比 견줄 비 一 한 일 色 빛 색

세상에 비할 바 없는 뛰어난 미인.

雪膚花容설부화용

雪 눈 설 膚 살갗 부 花 꽃 화 容 얼굴 용

눈처럼 흰 살결과 꽃처럼 고운 얼굴이란 뜻으로, '미인의 용모'를 일컫는 말.

細骨輕軀세골경구

細 가늘 세 骨 뼈 골 輕 가벼울 경 軀 몸 구

진나라 때 석계륜石季倫이 마루에 베를 깔고 향수를 뿌린 후 그 위로 여인들을 걸어가게 하여 발자국이 없는 사람에게는 진주를 주고, 발자국이 있는 여인에게는 식사량을 줄였다는데서 유래됨.

羞花閉月수화폐월

羞 바칠 수 花 꽃 화 閉 닫을 폐 月 달 월

달이 숨고 꽃이 부끄러워한다는 뜻으로, 절세의 미인을 비유해 이르는 말. 같은 뜻으로 '폐월수화閉月羞花' 라고도 함.

月態花容월태화용

月 달 월 態 모양 태 花 꽃 화 容 얼굴 용

달 같은 자태와 꽃 같은 얼굴이란 뜻으로 미인을 말함. 같은 뜻으로 '화용월태花容月態' 라고도 부름.

朱脣白齒주순백치

朱 붉을 주 脣 입술 순 白 흰 백 齒 이 치

붉은 입술에 흰 이라는 뜻으로, 아름다운 여자를 이르는 말.

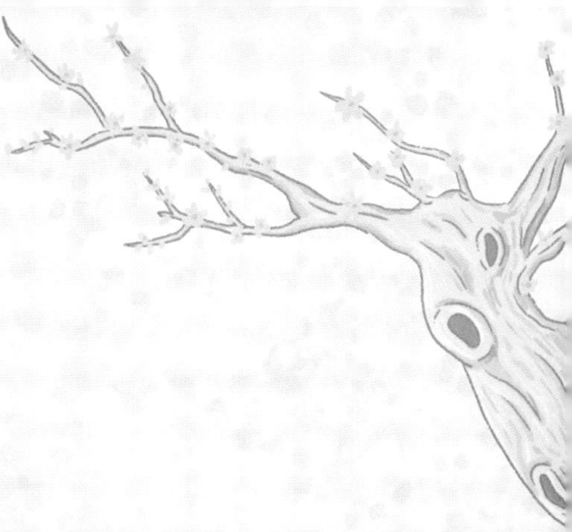

6

가정이 화목해야 모든 일을 이룰 수 있다

[가족애와 효도]

擧案齊眉 거안제미

擧 들 거 案 상 안 齊 가지런할 제 眉 눈썹 미

풀이

밥상을 눈썹 높이까지 가지런히 들어 남편 앞에 가지고 간다는 뜻으로, 남편을 깍듯이 공경함을 일컫는 말.

유래

중국 동한 시대 양홍梁鴻이란 학자가 있었다. 그는 일찍 부모를 잃은 어려운 상황에서도 태학에 들어가 학문을 닦아서 많은 학식을 갖추었다. 그러나 그는 관직에 나아가지 않고 들에서 돼지를 기르며 살았다.

그 당시 맹씨라는 사람의 집에 딸이 있었는데 맹씨 집의 딸은 뚱뚱한 몸매에 시커먼 얼굴, 게다가 힘이 장사인 성숙한 처녀였다. 그녀의 부모가 그녀에게 결혼하지 않으려는 이유를 묻자 그녀가 대답했다.

"양홍처럼 덕 있는 사람이면 시집을 가겠습니다."

이 소식을 들은 양홍은 몹시 기뻐하며 그녀를 아내로 맞이하였다.

양홍 부부는 산에 은거하면서 농사를 짓고 베를 짜면서 생활했다. 양홍은 농사짓는 틈틈이 시를 지어 친구들에게 보냈는데 왕실을 비방하는 시가 발각되어 오나라로 건너가 고백통이라는 명문

가의 방앗간지기가 되었다. 양홍의 아내는 그가 이 일을 마치고 돌아오면 밥상을 눈썹 위까지 들어 올려 공손하게 바쳤다고 한다.

이런 모습을 본 고백통은 양홍 내외가 보통 부부가 아님을 눈치채고 그들을 물심양면으로 도왔다. 이와 같이 남편의 인품을 존중하고 극진한 내조로 집안을 화목하게 만든 맹씨 딸과 고백통의 덕택으로 양홍은 마침내 수십 편의 책을 저술하여 후세에 그 이름을 남길 수가 있었다.

출전 《후한서後漢書》

望雲之情망운지정

望 바랄 망, 보름 망 雲 구름 운, 이를 운 之 갈 지, 어조사 지 情 뜻 정

풀이

구름을 바라보며 고향에 계신 부모를 그리워한다는 뜻. 멀리 떠나온 자식이 어버이를 사모하여 그리는 정.

유래

당나라 충신인 적인걸狄仁傑이 병주并州 법조참군法曹參軍에 있을 때 그 어버이는 하양 땅 별업別業에 계신데, 적인걸이 태행산에 올라 흰 구름이 외롭게 떠 있는 먼 곳을 반복하여 돌아보면서 좌우 사람에게 일러 말하되,

"내 어버이가 저 구름이 떠 있는 아래에 계신데, 멀리 바라만 보고 가서 뵙지 못하여 슬퍼함이 오래되었다."

하고 구름이 옮겨 간 뒤에 산에서 내려왔다. 같은 뜻을 지닌 성어로 '망운지회望雲之懷', '백운고비白雲孤飛'가 있다.

출전《당서唐書》

斑衣之戲반의지희

斑 아롱질 반 衣 옷 의 之 갈 지, 어조사 지 戲 희롱할 희, 탄식할 호

풀이

어릴 때에 때때옷을 입고 하는 놀이라는 뜻으로, 늙어서도 부모를 극진히 봉양함을 이르는 말, 부모를 위로하려고 색동저고리를 입고 어리광을 부림.

유래

중국 주나라 때 노래자老萊子라는 사람이 있었다. 그는 효성이 지극하여 손수 삼시 세 끼를 차려드렸고, 부모님이 식사를 모두 마칠 때까지 마루에 엎드려 있을 정도로 부모를 잘 봉양했다.

어느덧 그의 나이도 70세가 되었을 때의 일이다. 하루는 울긋불긋한 때때옷을 입고 어린아이 흉내를 내어 부모를 기쁘게 해드리고, 또 때로는 물을 들고 대청으로 올라가다 일부러 넘어지더니 마룻바닥에 누워 뒹굴면서 아이처럼 앙앙 울며 부모 곁에서 자꾸 아기 시늉을 했다. 이는 부모님이 아들의 어린 시절을 연상토록 하여 기쁘게 해드리려는 까닭이었다.

이처럼 언제나 부모를 기쁘게 해드리려는 노래자의 극진한 효성에 대해 주위의 칭찬이 자자하였고, 후세에 미담으로 전해졌다.

출전 《고사전高士傳》

破鏡重圓파경중원

破 깨뜨릴 파 鏡 거울 경 重 무거울 중 圓 둥글 원

풀이

깨진 거울이 다시 둥근 모습을 되찾음. 생이별한 부부가 다시 결합한 것을 이름.

유래

중국 남북조 시대에 진陳나라가 수나라 문제에게 망했을 때, 시종 서덕언徐德言은 거울 두 쪽을 내어 그 한 쪽을 아내에게 주고, 다시 만나게 될 때의 증표로 삼기로 했다. 그 후에 그 조각난 거울이 인연이 되어 다시 만나 고향으로 돌아갈 수 있게 되었다는 데서 연유함.

출전 《태평광기太平廣記》

偕老同穴해로동혈

偕 함께 해 老 늙을 로(노) 同 한가지 동 穴 굴 혈, 굴 휼

풀이

부부가 한평생을 같이 지내며 같이 늙고 죽어서는 같이 무덤에 묻힌다는 뜻으로, 부부 사랑의 굳은 맹세를 뜻함.

유래

《시경》에 실린 하남성 황하 유역에 있던 나라들의 민요에서 유래한 말이다. '격고擊鼓' 라는 시에,

죽으나 사나 만나나 헤어지나, 그대와 함께하자 언약하였지.
그대의 손을 잡고, 그대와 함께 늙겠노라.
[死生契闊 與子成說. 執子之手 與子偕老]

즉 전선에 출장한 병사가 고향에 돌아갈 날이 언제일는지…… 애마愛馬와도 사별하고 싸움터를 방황하면서 고향에 두고 온 아내를 생각하며 지은 노래다. 그러나 '아, 멀리 떠나 우리의 언약을 어기다니!' 로 끝맺은 병사의 슬픈 노래다. 유사한 성어로 부부가 서로 사이좋고 화락和樂하게 같이 늙음을 이르는 말로 '백년해로百年偕老' 가 있다.

출전 《시경》

더 살펴보기

强近之親**강근지친**

强 강할 강 近 가까울 근 之 어조사 지 親 친할 친

촌수가 가깝고 도움을 받을 만한 친척을 이르는 말.

敬老孝親**경로효친**

敬 공경할 경 老 늙은이 로(노) 孝 효도 효 親 친할 친

어른을 공경하고 어버이에게 효도함.

骨肉相爭**골육상쟁**

骨 뼈 골 肉 고기 육 相 서로 상 爭 다툴 쟁

형제나 같은 민족끼리 서로 해치며 싸우는 것을 이르는 말.

金枝玉葉**금지옥엽**

金 쇠 금 枝 가지 지 玉 옥 옥 葉 잎 엽

금가지에 옥 잎사귀라는 뜻으로 매우 귀한 집의 자손을 말함.

難兄難弟**난형난제**

難 어려울 난 兄 형 형, 두려워할 황 難 어려울 난 弟 아우 제

형과 아우의 우열을 분간하기가 어려움을 일컫는 말.

藍田生玉남전생옥

藍 쪽 남(람), 볼 감 田 밭 전 生 날 생 玉 구슬 옥

남전은 중국에서 좋은 옥이 난다는 유명한 현縣으로, 사람 역시 명문가나 훌륭한 부모 밑에서 뛰어난 자식이 나옴을 칭찬하는 말.

弄瓦之慶농와지경

弄 희롱할 농(롱) 瓦 기와 와 之 어조사 지 慶 경사 경

옛날 중국에서 딸을 낳으면 흙으로 만든 실패를 장난감으로 주었다는 데서 유래한 말로, 딸을 낳은 기쁨을 비유함.

弄璋之慶농장지경

弄 희롱할 농(롱) 璋 홀 장 之 어조사 지 慶 경사 경

옛날 중국에서 아들을 낳으면 구슬인 장璋으로 만든 장난감을 준 고사에서 유래하여 아들을 낳은 기쁨을 비유함.

反哺之孝반포지효

反 돌이킬 반, 어려울 번 哺 먹일 포 之 어조사 지 孝 효도 효

까마귀 새끼가 자란 뒤에 늙은 어미에게 먹이를 물어다 주는 효성이라는 뜻으로, 자식이 자라서 부모를 봉양함.

父傳子傳부전자전

父 아버지 부, 자 보 傳 전할 전 子 아들 자 傳 전할 전

대대로 아버지가 아들에게 전함.

夫唱婦隨부창부수

夫 지아비 부 唱 부를 창 婦 며느리 부 隨 따를 수, 게으를 타

남편의 주장에 아내가 따름, 부부 화합의 도리를 이르는 말.

四顧無親사고무친

四 넉 사 顧 돌아볼 고 無 없을 무 親 친할 친

사방을 돌아보아도 의지할 만한 사람이 도무지 없다는 말.

事親以孝사친이효

事 일 사, 섬길 사 親 친할 친, 어버이 친 以 써 이 孝 효도 효

신라 화랑의 세속오계 중 하나로 어버이를 섬김에 효도로써 함.

雙鯉於出쌍리어출

雙 두 쌍 鯉 잉어 리 於 어조사 어 出 날 출

효심이 매우 두터웠던 진晉나라의 왕상王詳이 겨울에 어머니를 위해 잉어를 구할 때에 잉어 두 마리가 튀어나왔다는 고사에서 유래함, 효성이 두터움을 뜻함.

玉昆金友옥곤금우

玉 옥 옥 昆 형 곤 金 성 김, 쇠 금 友 벗 우

옥 같은 형과 금 같은 아우라는 뜻으로, 남의 형제를 아름답게 이르는 말.

鴛鴦之契원앙지계

鴛 원앙 원 鴦 원앙 앙 之 갈 지, 어조사 지 契 맺을 계

원앙처럼 사이가 좋은 부부 사이.

依門之望의문지망

倚 의지할 의, 기이할 기 門 문 문 之 어조사 지 望 바랄 망, 보름 망

어머니가 아들이 돌아오기를 문에 의지하고서 기다린다는 뜻으로, 자녀가 돌아오기를 기다리는 어머니의 마음을 이르는 말.

二姓之樂이성지락

二 두 이 姓 성씨 성 之 갈 지, 어조사 지

樂 즐길 락, 노래 악, 좋아할 요

부부 사이의 정.

天生配匹천생배필

天 하늘 천 生 날 생 配 나눌 배, 짝 배 匹 짝 필, 집오리 목, 비유할 비

하늘에서 미리 맺어준 배필.

追遠報本추원보본

追 쫓을 추, 따를 추 遠 멀 원 報 갚을 보, 알릴 보 本 근본 본

조상의 덕을 추모하여 제사를 지내고, 자기의 태어난 근본을 잊지 않고 은혜를 갚음.

七步之才칠보지재

七 일곱 칠 步 걸음 보 之 어조사 지 才 재주 재

일곱 걸음에 시를 짓는 재주라는 뜻으로, 시를 빨리 잘 짓는 재주를 이르는 말. 본디 조조의 맏아들 조비가 셋째아들 조식에게 일곱 걸음을 가는 동안 시를 짓지 못하면 죽인다는 명령에 조식이 일곱 걸음을 옮기며 시를 지었다는 고사에서 유래됨. 형제간의 불화를 상징적으로 은유한 것임.

風樹之嘆풍수지탄

風 바람 풍 樹 나무 수 之 어조사 지 嘆 탄식할 탄

부모에게 효도를 다하려고 생각할 때에는 이미 돌아가셔서 그 뜻을 이룰 수 없음을 이르는 말.

昏定晨省혼정신성

昏 어두울 혼 定 정할 정, 이마 정 晨 새벽 신 省 살필 성, 덜 생

저녁에는 잠자리를 봐드리고 아침에는 문안을 드린다는 뜻으로, 자식이 아침저녁으로 부모의 안부를 물어서 살핌을 이르는 말.

孝子愛日효자애일

孝 효도 효 子 아들 자 愛 사랑 애 日 날 일

효자는 날을 아낀다는 뜻으로, 될 수 있는 한 오래 부모에게 효성을 다하여 섬기고자 하는 마음을 이르는 말.

7

뛰어난 인재는 주머니 속의 송곳 같아 저절로 드러나는 법

[인재와 인물]

國士無雙국사무쌍

國 나라 국 士 선비 사 無 없을 무 雙 두 쌍, 쌍 쌍

풀이

그 나라에서 가장 뛰어난 인물은 둘도 없다는 뜻으로, 매우 뛰어난 인재를 이르는 말.

유래

한왕 유방劉邦이 군사를 이끌고 남쪽 정鄭나라로 갈 때 길이 험하고 멀어서 도중에 이탈하는 자가 많아 군사들이 동요하자 한신韓信도 도망하였다. 그때 승상 소하蕭何가 그것을 알고 급히 한신을 쫓아갔다. 유방은 충복인 소하마저도 도망한 줄 알고 크게 낙담하고 있었는데 이틀 뒤에 한신을 데리고 돌아오니 유방이 꾸짖으며 다그쳤다.

"왜 도망쳤느냐?"

소하가 대답했다.

"도망한 것이 아니라 한신을 잡으러 갔었습니다."

"다른 장수들이 이탈했을 때는 그렇지 않더니 유독 한신만을 쫓아간 이유는 무엇이냐?"

소하가 말하였다.

"모든 장군은 얻기가 쉽지만 한신 같은 경우에 이르러서는 이

나라의 인물 중에 둘도 없습니다.[國士無雙] 폐하께서 한중漢中의 왕만 되시려 한다면 그가 필요 없겠지만 천하를 소유하고자 한다면 한신 없이는 더불어 그 일을 도모할 사람이 없습니다."

출전《사기史記》

毛遂自薦모수자천

毛 터럭 모 遂 드디어 수, 따를 수 自 스스로 자 薦 천거할 천, 꽂을 진

풀이

모수毛遂가 스스로 천거했다는 뜻으로, 자기가 스스로를 추천하는 것을 이르는 말. 오늘날에는 의미가 변질되어 일의 앞뒤도 모르고 나서는 사람을 비유하기도 함.

유래

진秦나라가 조나라의 수도 한단을 공격했다. 조의 평원군은 초나라에 구원군을 요청하려 하였다. 그때 문하의 식객 중 문무를 갖춘 자 20명을 데리고 함께 가기로 하고는 19명을 선발하였으나 나머지 한 명을 채울 사람이 마땅치 않았다. 이때 모수라는 자가 자청하고 나서자 평원군은,

"뛰어난 인물이 세상에 있는 것은 송곳이 부대자루에 있는 것과 같아서 송곳의 끝이 밖으로 삐져나오듯이 그 뛰어남이 저절로 드러나는 법이오.[囊中之錐] 그런데 그대는 내 문하에 있은 지 3년이나 되었는데도 당신의 이름은 들어보지 못했소."

모수가 대답하기를,

"나를 부대 속에 넣어주기만 하면 끝만이 아니라 그 자루까지도 보여줄 것입니다."

이에 평원군은 그를 채워 20명과 함께 가게 되었는데, 그의 뻔뻔함에 나머지 19명은 모두 바라보며 비웃는 것이었다. 그러나 막상 진나라에 도착하자 모수의 당당한 변설과 태도로 초나라와의 동맹을 무사히 맺은 것은 물론 모수는 일약 협상의 주역이 되어 평원군의 상객上客으로 삼았다.

출전 《사기》 〈평원군열전平原君列傳〉

身言書判신언서판

身 몸 신 言 말씀 언 書 쓸 서 判 판가름할 판

풀이

중국 당나라 때 관리를 등용하는 시험에서 인물 평가의 기준으로 삼았던 외모[身] · 말씨[言] · 글씨[書] · 판단력[判]의 네 가지를 이르는 말.

유래

중국 당나라 때에 선비들은 예부禮部에서 진사 시험에 급제했더라도 바로 관직을 얻을 수가 없었다. 급제 후에도 반드시 이부吏部에서 시행하는 시험에 통과해야 하는데, 바로 외모가 단정하고[身] 언변이 유창함[言]은 물론 글씨[書]와 판단력[判]에 대한 심사를 거쳐야 했다. 여기서 합격하면 다시 상서성尙書省의 주무 장관에게 재심사를 요청하였고 여기서도 통과하면 또다시 문하성門下省에서 재심사를 하여 최종적으로 관직에 오를 수 있었다. 때문에 진사에 급제하고도 20여 년 동안 관직을 얻지 못한 사람들이 많았다고 한다.

출전 《당서唐書》

鐵中錚錚철중쟁쟁

鐵 쇠 철 中 가운데 중 錚 쇳소리 쟁 錚 쇳소리 쟁

풀이

쇠 중에서 소리가 가장 맑다는 뜻으로, 평범한 사람들 중 특출난 사람을 일컫는 말.

유래

후한後漢의 시조 광무제光武帝가 서선徐宣의 사람됨을 평한 데서 연유하였다. 광무제는 항복한 적미의 잔병들을 두고, 통찰력이 있는 인재라면 시세의 추이를 보고 벌써 귀순했을 것이고, 대세를 분별하지 못하는 어리석은 자라면 아직도 항복을 받아들이지 않고 버티고 있을 것이라 말했다. 따라서 서선이 항복한 시기가 결코 이른 것은 아니지만, 아직도 항복하지 않고 고집을 부리는 어리석은 자에 비하면 그래도 조금 낫다고 본 것이다.

출전 《후한서後漢書》

더 살펴보기

干城之材간성지재

干 방패 간, 줄기 간, 마를 건 城 재 성 之 어조사 지 材 재목 재

방패防牌와 성의 구실을 하는 인재란 뜻으로, 나라를 지키는 믿음직한 인재를 이르는 말.

蓋世之才개세지재

蓋 덮을 개, 어찌 합 世 인간 세, 대 세 之 갈 지, 어조사 지 才 재주 재

세상을 덮을 만한 기상과 뛰어난 재기才氣를 지닌 사람.

曠世之才광세지재

曠 빌 광, 밝을 광 世 인간 세, 대 세 之 어조사 지 才 재주 재

세상에서 보기 드물게 비범한 재주를 가진 사람.

群鷄一鶴군계일학

群 무리 군 鷄 닭 계 一 한 일 鶴 학 학

닭의 무리 속에 한 마리의 학. 평범한 사람들 중에 뛰어난 한 사람이 섞여 있음을 비유한 말로, 같은 뜻으로 '학립계군鶴立鷄群'이나 '계군일학鷄群一鶴'이라고도 함.

大器晩成대기만성

大 큰 대, 클 태 器 그릇 기 晩 늦을 만 成 이룰 성

크게 될 사람은 늦게 이루어짐의 비유. 만년에 성공하는 사람이나 혹은 과거에 낙방한 선비를 위로하여 이르는 말.

棟梁之材동량지재

棟 마룻대 동 梁 들보 량(양) 之 어조사 지 材 재목 재

마룻대와 들보로 쓸 만한 재목이라는 뜻으로, 나라의 중임을 맡을 만한 큰 인재를 이르는 말.

三顧草廬삼고초려

三 석 삼 顧 돌아볼 고 草 풀 초 廬 농막집 려(여),

유비가 제갈공명이 은거하고 있는 초가집을 세 번이나 찾아가 군사로 초빙한 데서 유래한 말로, 임금의 두터운 사랑을 입는다는 뜻과 인재를 맞이하기 위해 참을성 있게 힘쓴다는 의미이다.

梁上君子양상군자

梁 들보 양(량) 上 윗 상 君 임금 군 子 아들 자

대들보 위에 있는 군자라는 뜻으로 도둑을 미화하여 점잖게 부르는 말. 도적의 다른 이름으로 '녹림호걸綠林豪傑(녹림산의 왕광, 왕봉 등 도적의 무리)', '무본대상無本大商(자본이 없는 큰 상인)' 이라고도 한다.

出將入相출장입상

出 날 출 將 장수 장, 장차 장 入 들 입 相 서로 상, 재상 상

나가서는 장수가 되고, 들어와서는 재상이 된다는 뜻으로, 전란 시에는 싸움터에 나가서 장군이 되고, 평상시에는 재상이 되어 정치하는 것을 이르는 말.

泰山北斗태산북두

泰 클 태 山 뫼 산 北 북녘 북, 달아날 배 斗 말 두, 싸울 투

본뜻은 태산과 북두성을 가리키며, 모든 사람이 우러러보는 태산과 북두성처럼 뛰어난 인물을 비유하는 말.

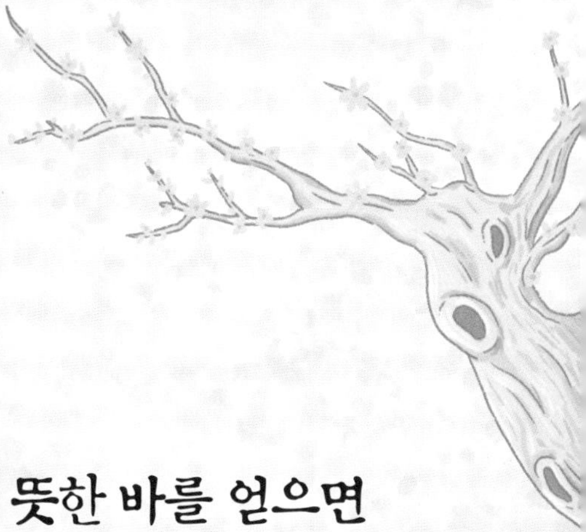

8

세상이 나를 알아주어 뜻한 바를 얻으면 다른 이와 함께하고, 뜻한 바를 얻지 못해도 혼자서 옳은 길을 간다

[처신 · 처세]

過猶不及과유불급

過 지날 과, 재앙 화 猶 오히려 유, 움직일 요 不 아닐 불, 아닐 부 及 미칠 급

풀이

모든 사물이 정도를 지나치면 도리어 안한 것만 못함이라는 뜻으로, 중용을 가리키는 말.

유래

공자의 제자 중에 뛰어난 사람들이 많았다. 그중에 자장子張과 자하子夏는 보통 사람들이 그 우열을 가리기 어려울 정도로 유명했다. 어느 날 자공이 공자에게 물었다.

"선생님, 자장과 자하 중에 어느 쪽이 더 현명합니까?"

이에 공자는 다음과 같이 대답했다.

"자장은 지나치고, 자하는 미치지 못한다."

자공이 반문했다.

"그럼 자장이 낫단 말씀입니까?"

그러자 공자가 대답하였다.

"지나친 것은 미치지 못한 것과 같다.[過猶不及]"

출전 《논어論語》 〈선진先進〉

老馬之智노마지지

老 늙을 노(로) 馬 말 마 之 갈 지, 어조사 지 智 슬기 지, 지혜 지

풀이

늙은 말의 지혜라는 뜻으로, 연륜이 깊으면 나름대로 장점과 특기, 재주를 지녔다는 말.

유래

춘추 시대 제齊나라의 재상이었던 관중과 대부 습붕이 환공을 따라 고죽국孤竹國을 칠 때 봄에 가서 겨울에 돌아오다가 미혹되어 길을 잃었다. 이에 관중이 말했다.

"늙은 말의 지혜를 이용할 만하다."

그리고는 늙은 말을 풀어 그 말을 따랐다.

또한 산중을 진군하고 있을 때 물이 없어 갈증이 나자 습붕이,

"개미는 겨울에는 남쪽에, 여름에는 산의 북쪽에 살며 개미집의 높이가 한 치라면 그 지하 여덟 자를 파면 물이 있다."

라고 말하여 파보니 과연 물을 얻을 수 있었다.

이처럼 미물도 뛰어난 장점이 있듯이 하찮은 사람일지라도 반드시 뛰어난 점이 있어 적재적소適材適所에 배치하여 할 일을 부여한다면 능력을 발휘할 수 있음은 물론이다.

출전 《한비자韓非子》 〈설림說林〉

反求諸己반구제기

反 돌이킬 반, 어려울 번 求 구할 구 諸 모두 제, 어조사 제 己 몸 기

풀이

행동을 해서 원하는 결과가 얻어지지 않더라도 자기 스스로를 돌아보고 반성하여 원인을 찾아야 한다는 뜻.

유래

《논어論語》〈위영공衛靈公〉에 다음과 같은 내용이 있다.

공자께서 말씀하였다.

"군자는 자신에게서 찾고, 소인은 남에게서 찾는다.[君子求諸己, 小人求諸人]"

이에 대해 송나라 사양좌謝良佐가 설명하기를,

"군자는 자기 몸을 돌이켜 찾지 않음이 없고 소인은 이와 반대이다. 이는 군자와 소인이 분별되는 이유이다."

여기서 '반구제기反求諸己'라는 말이 유래되었다.

《중용中庸》에도 이런 내용이 있다.

공자께서 말씀하였다.

"활쏘기는 군자의 자세와 같은 바가 있으니 정곡에 맞추지 못하면 돌이켜 자기 몸에서 찾는다."

화살을 쏘아 과녁 한가운데를 맞추지 못하면 그 원인을 남이 아닌 자기에게서 찾아야 한다는 뜻이다.

《맹자孟子》〈공손추公孫丑〉에는,

"어진 자는 활쏘기를 하는 것과 같으니 활을 쏘는 자는 자신을 바로잡은 뒤에야 발사한다. 발사한 것이 맞지 않더라도 자신을 이긴 자를 원망하지 않고 돌이켜서 자기 자신에게서 찾을 뿐이다." 라고 하였다.

〈이루離婁〉에도 '반구제기'에 관한 내용이 상세하게 나온다.

맹자가 말하였다.

"남을 사랑했는데 친해지지 않으면 스스로 남에게 인자하게 대했는지를 돌이켜보고, 남을 다스렸는데 제대로 다스려지지 않거든 스스로 남을 대할 때에 지혜롭게 대처했는지를 돌이켜보고, 남에게 예절을 갖추어 대했는데도 답례 받지 못하거든 남을 대할 때에 공경하는 마음이 없었는지를 돌이켜보아야 한다. 행하고도 얻지 못하는 것이 있으면 모두 자기 자신을 돌이켜 찾아야 하니, 스스로 바르게 행동하면 천하가 귀부歸附할 것이다."

'반구제기'는 '돌이켜 자기 자신에게서 찾는다.'라는 뜻으로 어떤 일이 잘못 되었을 때 그 일이 잘못된 원인을 자기 자신에게서 찾아 고쳐나간다는 의미이다. 같은 뜻으로 '반궁자성反躬自省', '반궁자문反躬自問' 등의 성어가 있다.

출전 《논어》, 《중용》, 《맹자》

良禽擇木양금택목

良 어질 양(량) 禽 새 금 擇 가릴 택, 사람 이름 역 木 나무 목

풀이

좋은 새는 나무를 가려서 둥지를 튼다는 뜻으로, 어진 사람은 훌륭한 임금을 가려 섬김을 이르는 말.

유래

공자의 《춘추》를 노나라의 좌구명이 다시 해석한 역사서인 《춘추좌씨전》에 다음과 같은 이야기가 나온다.

60대의 노구를 이끌고 천하를 주유하며 자신의 정치적 이상을 실현하려 애쓰던 공자에게 어느 날 공문자라는 이가 어지럽고 실망스러운 위나라의 현실에 대한 해법을 물었다.

공자는 공문자에게 '새가 나무를 가려 앉는 법, 어찌 나무가 새를 가리랴.[良禽擇木 木豈能擇鳥]' 라고 딱 한 마디 했는데, 후세에 사람들은 '현명한 인재는 자기를 알아주고 키워줄 만한 훌륭한 사람을 가려서 섬긴다.' 라고 해석하였다.

조선조 때에 장유가 지은 '우연히 오대사에 나오는 한희재의 일을 읽다가 느낀 감상[偶讀五代史韓熙載事有感]'이란 시에서도 '……그대는 양금택목良禽擇木이라는 말을 듣지 못했는가?…… 더러운 자취라 영예를 사양한 그 마음 서글프고, 시대 못 만난 그대의 뜻

그 역시 가련하오…….'라는 구절이 나오는데, 옛 선비들이 바른 처신과 처세법으로 '양금택목'이 회자되고 있음을 알 수 있다.

출전 《춘추좌씨전春秋左氏傳》

外柔內剛외유내강

外 바깥 외 柔 부드러울 유 內 안 내, 들일 납 剛 굳셀 강

풀이

겉으로 보기에는 부드러우나 속은 꿋꿋하고 강함.

유래

《역경易經》〈부괘否卦〉에 '안은 음이고 밖은 양이며, 안은 유하고 밖은 강하다.[內陰而外陽, 內柔而外剛]'라는 말이 나오는데 '외유내강'은 그 반대의 뜻으로 밖은 유하고 안으로 강하다는 뜻이다.

《진서晉書》〈감탁전甘卓傳〉에는 감탁이 '외유내강하고 정치를 함에 관대하고 인자롭게 하였다.'고 나와 있다.

조선 시대 선조의 신임을 받고 영의정까지 지낸 신흠이 세상을 떠나자 이수광은 그에 대한 다음과 같은 명문을 남겼다.

"신씨는 명문이라, 대대로 인재를 배출하여 고관들 줄 잇다가 공에 이르러 더 떨쳤네. 성품은 외유내강 나라의 보배로세……."

조선조의 문인인 이식 또한 〈증 이조참판 원주목사 유공柳公의 묘갈명〉 중에서 다음과 같이 유공의 성품을 평가했다.

"겸허하게 자기 몸을 낮추신 우리 군자, 외유내강外柔內剛의 성품을 갖추고서 넉넉하게 배운 뒤에 벼슬길에 진출하여, 오직 자신의 뜻 관철하려 하였지요……."

출전 《역경》〈부괘〉, 《진서》〈감탁전〉

自强不息자강불식

自 스스로 자 强 강할 강 不 아닐 불, 아닐 부 息 쉴 식

풀이

스스로 힘을 쓰고 가다듬어 쉬지 아니함.

유래

이 말은 《역경》〈건괘乾卦〉에 나오는 '하늘의 운행은 건실하다. 군자는 이것을 본받아 쉬지 않고 노력해야 한다.[天行健, 君子以自彊不息]'라는 문구에서 유래되었다.

중국의 명문대학인 청화대학의 교훈도 바로 이 '자강불식自强不息'과 〈곤괘坤卦〉에 나오는 '덕이 있는 자는 만물을 담을 수 있다.'는 뜻인 '후덕재물厚德載物'이다. 이는 중화민국 시절, 중국의 계몽사상가이자 혁신가인 양계초梁啓超가 청화대학의 교수로 재직 중에 '군자론君子論'을 강의하면서 바로 《역경》의 '자강불식'과 '후덕재물' 등으로 학생들을 격려했고, 그 후부터 청화대학의 교훈이 되었다고 한다.

출전 《역경》

더 살펴보기

刻舟求劍각주구검

刻 새길 각 舟 배 주 求 구할 구 劍 칼 검

칼을 강물에 떨어뜨리자 뱃전에 그 자리를 표시했다가 나중에 그 칼을 찾으려 한다는 뜻으로, 판단력이 둔하여 융통성이 없고 세상일에 어둡고 어리석다는 뜻.

居安思危거안사위

居 살 거 安 편안 안 思 생각 사, 수염이 많을 새 危 위태할 위

평안할 때에도 위험과 곤란이 닥칠 것을 생각하며 미리 대비해야 함. 같은 뜻으로 '안거위사安居危思'와 '유비무환有備無患'이 있다.

見賢思齊견현사제

見 볼 견 賢 어질 현, 현명할 현 思 생각할 사 齊 가지런할 제

어진 이를 보면 같아지기를 생각하라는 뜻으로, 자신을 항상 바르게 변화시키려는 노력의 의미.

過恭非禮과공비례

過 지날 과, 재앙 화 恭 공손할 공 非 아닐 비, 비방할 비 禮 예도 례(예)

지나친 공손은 오히려 예의에 벗어남.

瓜田李下과전이하

瓜 오이 과 田 밭 전 李 오얏 이(리), 성씨 이(리) 下 아래 하

오이밭에서는 신을 고쳐 신지 않는다는 '과전불납리瓜田不納履'와 오얏(자두)나무 밑에서 갓끈을 고치지 말라는 '이하부정관李下不整冠'의 축약어로 의심받을 짓은 처음부터 하지 말라는 뜻.

克己復禮극기복례

克 이길 극 己 몸 기 復 회복할 복, 다시 부 禮 예도 례(예)

욕망이나 사욕 등을 자기 스스로의 의지력으로 억제하고 예의에 어그러지지 않도록 함.

馬耳東風마이동풍

馬 말 마 耳 귀 이 東 동녘 동 風 바람 풍

말의 귀에 동풍이라는 뜻으로, 남의 비평이나 의견을 조금도 귀담아듣지 아니하고 흘려버림을 이르는 말.

百折不屈백절불굴

百 일백 백, 힘쓸 맥 折 꺾을 절 不 아닐 불, 아닐 부 屈 굽힐 굴

백 번 꺾여도 굴하지 않는다는 뜻으로, 어떤 어려움에도 굽히지 않음.

塞翁之馬새옹지마

塞 변방 새, 막힐 색 翁 늙은이 옹 之 어조사 지 馬 말 마

변방에 사는 노인의 말이라는 뜻으로, 세상만사는 변화가 많아 어느 것이 화가 되고, 어느 것이 복이 될지 예측하기 어렵다는 말. 또한 인생의 길, 흉, 화, 복은 늘 바뀌어 변화가 많으니 이에 순응하여 적절하게 살아가라는 처세의 지혜가 담겨져 있다.

溫柔敦厚온유돈후

溫 따뜻할 온 柔 부드러울 유 敦 도타울 돈 厚 두터울 후

부드럽고 온화하며 성실한 인품이나, 시를 짓는데 기묘하기보다 마음에서 우러난 정취가 있음을 두고 이르는 말.

知足不辱지족불욕

知 알 지 足 발 족, 지나칠 주 不 아닐 불, 아닐 부 辱 욕될 욕

모든 일에 분수를 지키고 만족하게 생각하면 모욕을 받지 않음.

知行合一지행합일

知 알 지 行 다닐 행, 항렬 항 合 합할 합, 쪽문 합, 홉 홉 一 한 일

참지식은 반드시 실행이 따라야 한다는 말.

千慮一失천려일실

千 일천 천 慮 생각할 려, 사실할 록 一 한 일 失 잃을 실, 놓을 일

천 가지 생각 가운데 한 가지 실책이란 뜻으로, 지혜로운 사람이라도 생각이 많으면 하나쯤은 실수가 있을 수 있다는 말. 여러 번 생각하여 신중하고 조심스럽게 한 일에도 때로는 실수가 있음.

唾面自乾타면자건

唾 침 타 面 낯 면, 밀가루 면 自 스스로 자 乾 하늘 건, 마를 간

남이 내 얼굴에 침을 뱉으면 저절로 마를 때까지 기다린다는 뜻으로, 처세에는 인내가 필요함을 이르는 말.

他山之石타산지석

他 다를 타 山 뫼 산 之 어조사 지 石 돌 석

다른 산에서 나는 거칠고 나쁜 돌이라도 숫돌로 쓰면 자기의 옥을 갈 수가 있으므로, 다른 사람의 하찮은 언행이라도 자기의 지혜와 덕을 닦는 데 도움이 됨을 비유해 이르는 말.

방울을 차서 스스로 경계하다[佩鈴自戒]

이상의는 선조와 광해군 때 이조 및 형조판서 등을 지낸 인물로, 당파에 구애받지 않고 인재를 등용하여 사람들이 그의 공정함을 칭찬하였다.

그러한 이상의도 어렸을 때는 성격이 매우 경솔하였다. 앉아서는 오래 견디지 못하였으며, 입을 열면 망발하기 일쑤였다. 그의 부모가 이를 근심하여 꾸짖는 일도 잦아졌다. 그러자 이상의는 작은 방울을 허리에 차서 스스로를 경계하였다.[公佩少鈴以自戒]

방울 소리가 들릴 때마다 더욱 경계하는 마음을 다잡았으며, 나가서나 들어와서나, 앉아서나 누워서나 한시도 방울을 몸에서 떼어낸 적이 없었다. 그러자 하루하루가 지나갈수록 방울 소리가 조금씩 줄어들었고, 중년에 이른 뒤에는 방울이 온전히 자신의 몸처럼 되었다. 이 이야기가 널리 알려져 후세에 경박한 자식들의 버릇을 고치려는 사람들은 반드시 그의 예를 모범으로 삼게 되었다.

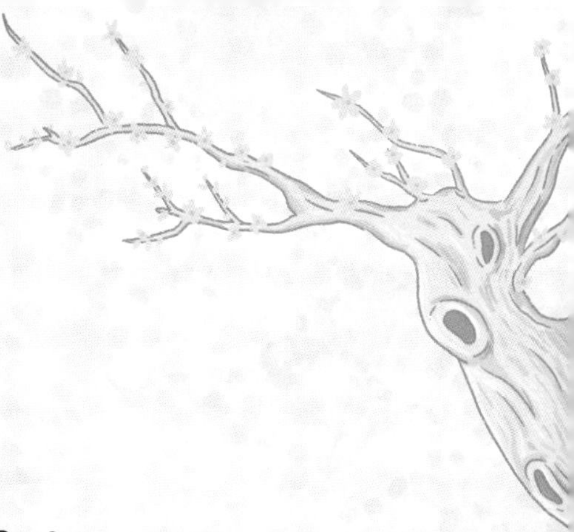

9

가혹한 정치는 호랑이보다 무서운 것이다

[정치와 사회]

苛政猛虎가정맹호

苛 매울 가 政 정사 정 猛 사나울 맹 虎 범 호

풀이

'가정맹어호苛政猛於虎'의 줄임말로 가혹한 정치는 호랑이보다 더 사납다는 뜻으로, 가혹한 정치의 폐해를 비유하는 말.

유래

중국의 춘추 시대 말엽, 나라마다 기강이 어지러워져 하극상하는 자들이 많았다. 노魯나라도 예외는 아니어서 대부大夫인 계손자季孫子 같은 이는 백성들에게서 세금을 가혹하게 거둬들여 엄청난 부를 축적하고 있었다. 그래서 공자는 계손자가 주周나라의 경공卿公보다 더 부자라고 점잖게 나무라며 그의 행동이 고쳐지길 바랐다.

어느 날, 공자는 제자들과 더불어 수레를 타고 태산 근처에 이르렀을 때, 깊은 산속에서 어떤 여인이 구성지게 흐느끼는 울음소리가 들려와 이상히 여겨 살펴보게 하니 울음소리는 앞쪽 무덤가에서 들려오고 있었다.

공자 일행은 수레를 급히 몰아 제자인 자로子路를 보내 사연을 알아보게 했다. 이에 그녀는 자로에게 다음과 같이 말했다.

"이곳은 참으로 무서운 곳이랍니다. 옛날 시아버님이 호랑이에게 물려가셨고, 이어 제 남편과 자식이 모두 호랑이에게 물려 죽었어요."

이에 공자는 그렇게 무서운 이곳을 왜 떠나지 않느냐고 묻자 그녀가 대답했다.

"그러나 이곳은 가혹한 세금에 시달릴 걱정이 없습니다."

이 말을 들은 공자는 제자들에게 이렇게 가르쳤다.

"너희들은 머릿속에 새겨두어라! 가혹한 정치는 호랑이보다 더 사나운 것이니라."

출전 《예기禮記》 〈단궁檀弓〉

董狐之筆 동호지필

董 감독할 동, 성씨 동 狐 여우 호 之 갈 지, 어조사 지 筆 붓 필

풀이

'동호董狐의 붓' 이란 뜻으로, 역사를 기록함에 권세를 두려워하지 않고 있는 그대로 써서 남기는 일을 이르는 말.

유래

춘추 시대 진晉의 영공靈公은 사치하고 잔인하며 방탕한 폭군이었다. 당시 정경正卿으로 있던 조돈趙盾이 이를 자주 간하자, 귀찮게 여긴 영공은 오히려 자객을 보내 그를 죽이려 하였다. 그러나 조돈의 집에 숨어든 자객은 그의 인품에 반해 나무에 머리를 찧어 스스로 목숨을 끊었다.

그러자 이번에는 술자리로 유인해 그를 죽이려 했는데, 병사들이 그 사실을 미리 알고 조돈을 이끌고 도망하였다. 조돈이 국경을 넘으려는 순간, 영공이 조천趙穿이라는 사람에게 도원桃園에서 살해당했다는 말을 듣고는 다시 도읍으로 돌아왔다.

그런데 태사太史로 있던 동호董狐가 국가 공식 기록에 이렇게 적었다. '조돈, 군주를 시해하다.' 조돈이 이 기록을 보고 항의하자, 동호는 이렇게 말하였다.

"물론 대감께서 직접 영공을 시해하지는 않았습니다. 그러나 그

때 대감은 정경으로서 국내에 있었고, 또 조정에 돌아와서는 범인을 처벌하려 하지도 않았습니다. 그래서 대감께서 공식적으로 시해자가 되는 것입니다."

이 말을 들은 조돈은 자기가 직무를 제대로 수행하지 못했음을 인정하고 동호의 뜻에 따랐다. 훗날 공자는 이 일에 대해 이렇게 말하였다.

"동호는 옛날의 훌륭한 사관이다. 법에 따라 굽힘이 없이 썼다. 조돈은 옛날의 훌륭한 대부이다. 법에 따라 부끄러운 이름을 뒤집어썼다. 아깝도다. 국경을 넘었더라면 악명을 면했을 텐데."

이와 같이 '동호지필'이란 권세에 아부하거나 두려워하지 않고 원칙에 따라 사실을 사실대로 기록하는 것을 가리킨다. 줄여서 '직필直筆'이라고도 쓴다.

출전 《춘추좌씨전》

焚書坑儒분서갱유

焚 불사를 분 書 글 서 坑 구덩이 갱, 산등성이 강, 구들 항 儒 선비 유

풀이

책을 불태우고 선비를 생매장하여 죽였다는 뜻으로, 진시황이 유생들의 정치 비평을 금하기 위하여 경서를 태우고 유생들을 구덩이에 생매장하여 베푼 가혹한 조치를 이르는 말.

유래

기원전 221년, 제나라를 끝으로 6국을 평정하고 전국 시대를 마감한 진秦나라 시황제 때의 일이다. 시황제는 천하를 통일하자 주왕조 때의 봉건제도를 폐지하고 사상 처음으로 중앙집권의 군현제도를 채택했다.

군현제를 실시한 지 8년이 되는 어느 날, 진시황이 베푼 함양궁의 잔치에서 박사인 순우월이 '현행 군주제도 하에서는 황실의 무궁한 안녕을 기하기가 어렵다.'며 봉건제도로 개체할 것을 진언했다. 진시황은 신하들에게 순우월의 의견에 대해 가부를 묻자 군현제의 입안자인 승상 이사는 이렇게 말했다.

"봉건 시대에는 제후들 간에 침략전이 끊이지 않아 천하가 어지러웠으나 이제는 통일되어 안정을 찾았사오며, 법령도 모두 한 곳에서 발령되고 있나이다. 하오나 옛 책을 배운 사람들 중에는 그것

만을 옳게 여겨 새로운 법령이나 정책에 대해서는 비난하는 선비들이 있사옵니다. 하오니 이번 기회에 그런 선비들을 엄단하심과 아울러 백성들에게 꼭 필요한 의약, 복서, 종수(농업)에 관한 책과 진秦나라 역사서 외에는 모두 수거하여 불태워 없애버리소서."

진시황은 이사의 진언을 받아들임으로써 관청에 제출된 희귀한 책들이 속속 불태워졌는데, 이 일을 가리켜 '분서焚書'라고 한다. 당시는 종이가 발명되기 이전이므로, 책은 모두 글자를 적은 댓조각을 엮어서 만든 죽간이었다. 그래서 한 번 잃으면 복원할 수 없는 것도 많았다.

이듬해 아방궁이 완성되자 진시황은 불로장수의 신선 술법을 닦는 방사들을 불러들여 후대했다. 그들 중 특히 노생과 후생을 신임했으나, 두 방사는 많은 재물을 사취한 뒤 진시황의 부덕을 비난하며 종적을 감춰버렸다. 진시황은 크게 노했다.

그 진노가 채 가시기도 전에 이번에는 시중의 염탐꾼을 감독하는 관리로부터 '폐하를 비방하는 유생들을 잡아가뒀다.' 는 보고가 들어왔다. 진시황의 노여움은 극에 달했다. 엄중히 심문한 결과 연루된 유생이 460명이나 되었다. 진시황는 그들을 모두 산 채로 각각 구덩이에 파묻어 죽였는데 이 일을 가리켜 '갱유坑儒' 라고 한다.

출전《사기史記》

小國寡民 소국과민

小 작을 소 國 나라 국 寡 적을 과 民 백성 민

풀이

작은 나라 적은 백성이라는 뜻으로, 노자老子가 그린 이상사회, 이상국가를 이르는 말.

유래

도가의 창시자인 노자는 이상적인 사회와 국가로 '소국과민'을 주장했다. 즉 나라는 작고 백성은 적으며, 온갖 문명이 있어도 쓰지 못하게 하고, 백성들은 생명을 중히 여겨 멀리 떠나가는 일도 없고, 배와 수레가 있어도 타고 갈 곳이 없으며, 갑옷과 군대가 있어도 쓸 곳이 없다는 것이다.

또 그는 '다시 옛날로 돌아가 새끼를 묶어서 문자로 사용하게 하며, 그 음식을 달게 여기고 그 옷을 아름답게 여기며, 그 거처를 편안하게 여기고 그 풍속을 즐겁게 여기게 해야 한다. 이웃나라가 서로 바라보이고 닭과 개의 소리가 서로 들려도 백성이 늙어 죽을 때까지 서로 왕래하지 못하게 해야 한다.'고 주장하였다.

이처럼 노자는 문명의 발달이 생활을 풍부하고 화려하게 하지만, 인간의 노동을 감소시키고 게으름과 낭비와 생명의 쇠퇴현상을 가져온다고 하면서 소박하고 작은 소국과민의 사회를 이상적인 사회와 국가로 보았다. 도연명의 《도화원기》에 나오는 '무릉도원'도 소국과민의 한 전형이다.

출전 《노자》

酒池肉林주지육림

酒 술 주 池 못 지, 강 이름 타 肉 고기 육, 둘레 유 林 수풀 림

풀이

술이 못을 이루고 고기가 수풀을 이룬다는 뜻으로, 매우 호화스럽고 방탕한 생활을 이르는 말.

유래

중국 최초 왕조인 하夏나라의 마지막 왕인 걸왕桀王은 성질이 거칠고 포악하여 무고한 백성을 죽이고 탐욕에만 빠져 정사가 말이 아니었다. 그는 유시씨有施氏의 나라에서 공물로 바쳐진 말희末喜라는 미녀에게 빠져서 보석과 상아로 꾸민 호화스런 궁전을 만들어 백성들의 재물을 고갈시켰다.

또 말희는 광대한 정원을 꾸며 달라고 했다. 걸왕은 그 뜻에 따라 큰 연못을 판 다음 바닥에 하얀 모래를 깔고 그곳을 향기로운 술로 가득 채웠으며, 연못 둘레에는 나무들마다 말린 고기를 걸친 숲을 만들고 고기로 가득한 동산을 만들었다.

술로 만든 연못에는 배를 띄울 수 있었고 한 번 북을 울리면 소가 물마시듯 술 연못에서 술을 마시는 사람이 3천 명이나 되었다. 결국 걸왕은 은殷나라 탕왕에 의하여 멸망의 길을 걷게 되었다.

출전 《사기》 〈제왕세기帝王世紀〉

華胥之夢화서지몽

華 빛날 화 胥 서로 서 之 갈 지, 어조사 지 夢 꿈 몽

풀이

화서華胥에서 꾸었던 꿈이란 뜻으로, 꿈속에서 이상국가인 화서라는 나라를 다녀와서 크게 깨우쳐 현실정치에서 도입했다는 것을 이르는 말.

유래

중국 태고의 성제聖帝로 알려진 황제黃帝가 보양을 위해 석 달 동안 정사를 쉬며 지내던 어느 날, 황제는 꿈속에서 화서華胥라는 나라에 가서 노닐었다. 그 나라에는 군주가 없으나 절로 잘 되었고, 백성들은 욕심이 없으나 절로 잘 되었다.

사람들은 삶을 즐기는 것도 죽음을 두려워하는 것도 모르기 때문에 일찍 죽는 일도 없었다. 자기를 사랑하고 남을 미워할 줄도 모르므로 애증이라는 것도 없었다. 허공을 걸어도 지상을 걷는 것 같고, 허공에서 잠을 자도 숲에서 자는 것 같았다. 구름이나 안개가 시야를 가리지도 아니하며, 뇌성벽력도 청각을 어지럽히지 않았다. 구체적인 형체를 초월한 정신의 자유자재함으로 꽉 차 있는 곳이었다.

꿈에서 깬 황제는 문득 깨달은 바가 있어 다음과 같이 말했다.

"이제 꿈을 꾸고 나서야 지극한 도道는 우리 마음으로 얻기가 어려움을 알았다. 도라는 것이 무엇인가를 이제야 깨달았다."

그리고는 28년간 나라를 잘 다스린 끝에 화서씨의 나라와 같이 되었다고 한다.

출전 《열자列子》

더 살펴보기

苛斂誅求가렴주구

苛 가혹할 가 斂 거둘 렴(염) 誅 벨 주 求 구할 구

가혹하게 세금을 거두거나 백성의 재물을 억지로 빼앗음.

經天緯地경천위지

經 지날 경, 글 경 天 하늘 천 緯 씨 위 地 땅 지

온 세상을 다스림, 일을 계획적으로 준비하고 다스림.

公平無私공평무사

公 공평할 공 平 평평할 평, 다스릴 편 無 없을 무 私 사사로울 사

어느 쪽에도 치우치지 않아 공평하고 사사로움이 없음.

權不十年권불십년

權 권세 권 不 아닐 불, 아닐 부 十 열 십 年 해 년, 아첨할 녕

권세는 10년을 넘지 못한다는 뜻으로, 권력은 오래가지 못하고 늘 변한다는 말. 또는 부귀영화는 일시적이어서 계속되지 않음.

大義滅親대의멸친

大 클 대, 클 태, 클 다 義 옳을 의 滅 꺼질 멸, 멸할 멸 親 친할 친

큰 의리를 위해서는 혈육의 친함도 저버린다는 뜻으로, 국가의 대의를 위해서는 부모, 형제의 정도 버림.

塗炭之苦도탄지고

塗 칠할 도, 길 도 炭 숯 탄 之 어조사 지 苦 쓸 고, 땅 이름 호

진흙이나 숯불에 떨어진 것과 같은 고통이라는 뜻으로, 가혹한 정치로 말미암아 백성이 심한 고통을 겪는 것.

滅私奉公멸사봉공

滅 꺼질 멸, 멸할 멸 私 사사 사 奉 받들 봉 公 공평할 공

사私를 버리고 공公을 위하여 힘써 일함.

無爲而化무위이화

無 없을 무 爲 하 위, 할 위 而 말 이을 이, 능히 능 化 될 화, 잘못 와

애써 하지 않아도 잘 된다는 뜻으로, 힘들이지 않아도 저절로 변하여 잘 이루어짐. 위정자의 덕이 크면 백성이 저절로 교화가 됨을 이르는 말.

三馬太守삼마태수

三 석 삼 馬 말 마 太 클 태 守 지킬 수

세 마리의 말을 타고 오는 수령이라는 뜻으로, 재물에 욕심이 없는 깨끗한 관리, 청백리淸白吏를 이르는 말.

與民同樂여민동락

與 더불 여 民 백성 민 同 한가지 동 樂 즐길 락, 노래 악, 좋아할 요

왕이 백성과 더불어 즐거움을 같이 나눔.

炎凉世態염량세태

炎 불꽃 염, 아름다울 담 凉 서늘할 량(양) 世 인간 세, 대 세 態 모습 태

뜨거웠다가 차가워지는 세태라는 뜻으로, 권세가 있을 때에는 아첨하여 좇고 권세가 떨어지면 푸대접하는 세속의 형편을 이름.

枉尺直尋왕척직심

枉 굽을 왕, 미칠 광 尺 자 척 直 곧을 직, 값 치 尋 찾을 심

짧은 것은 굽히고 긴 것은 폄, 소小를 희생시켜 대大를 살림.

衛正斥邪위정척사

衛 지킬 위 正 바를 정, 정월 정 斥 물리칠 척 邪 간사할 사

조선 시대 후기에, 정학正學, 정도正道로서의 주자학을 지키고, 사학邪學, 사도邪道로서의 천주교를 물리치려던 주장.

吐哺握發토포악발

吐 토할 토 哺 먹일 포 握 쥘 악, 작을 옥 髮 터럭 발

입 속에 있는 밥을 뱉고 머리카락을 움켜쥔다는 뜻으로, 식사 때나 머리를 감을 때에 손님이 오면 황급히 나가서 맞이함을 일컬음. 즉 손님에 대한 극진한 대우 또는 군주가 어진 인재를 예의를 갖추어서 맞이하는 것을 말함.

惑世誣民혹세무민

惑 미혹할 혹 世 인간 세, 대 세 誣 속일 무 民 백성 민

세상을 어지럽히고 백성을 속이는 것.

10

영원한 적도 우방도 없다

[외교와 전략]

犬兎之爭견토지쟁

犬 개 견 兎 토끼 토 之 갈 지, 어조사 지 爭 다툴 쟁

풀이

개와 토끼의 다툼이라는 말로, 쓸데없는 다툼이라는 뜻.

유래

전국 시대 제齊나라 왕에게 중용된 순우곤은 원래 해학과 변론의 재능이 뛰어난 유세객遊說客이었다. 제나라 왕이 위魏나라를 치려고 하자 순우곤은 이렇게 진언했다.

"한자로韓子盧라는 매우 발이 빠른 명견名犬과 동곽준東郭逡이라는 재빠른 토끼가 있었습니다. 개가 토끼를 뒤쫓았습니다. 그들은 수십 리에 이르는 산기슭을 세 바퀴나 돌고 가파른 산꼭대기까지 다섯 번이나 오르락내리락하는 바람에 쫓기는 토끼도 쫓는 개도 힘이 다하여 그 자리에 지쳐 쓰러져 죽고 말았습니다.

이때 그것을 발견한 전부田父(농부)는 힘들이지 않고 토끼와 개를 모두 잡는 횡재를 하였습니다. 지금 제나라와 위나라는 오랫동안 대치하느라 백성들이나 병사들 모두 지칠 대로 지쳐 사기가 말이 아닙니다. 서쪽의 진秦나라나 남쪽의 초楚나라가 이를 기화로 '전부지공田父之功'을 거두려 하지 않을지 그것이 걱정입니다."

이 말을 듣자 왕은 위나라를 치려던 계획을 버리고 오로지 부국

강병富國强兵에 힘썼다. 이와 비슷한 우화로 양자 간의 다툼에 제삼자가 힘들이지 않고 이익을 보았다는 성어로 '어부지리漁夫之利', '방휼지쟁蚌鷸之爭' 등이 있다.

출전 《전국책戰國策》 〈제책편齊策篇〉

韜光養晦 도광양회

韜 감출 도, 활집 도 光 빛 광 養 기를 양 晦 그믐 회, 어두울 회

풀이

자신의 재능이나 실력을 드러내지 않고 참고 기다린다는 뜻으로, 1980년대 중국의 대외정책 중의 하나로 등소평鄧小平이 제창하여 널리 주목을 받았다.

유래

도광양회는 청나라 말기의 사상가 정관응鄭觀應이 낙후한 청나라 개혁을 위해 서양 문물을 배울 것을 주창했던 책《성세위언盛世危言》의 서문에 나오는 말로 '실력을 드러내지 않고 때를 기다린다.'는 뜻으로 사용되었다. 중국은 이 도광양회를 등소평 이래 외교정책의 주요 기조로 삼아왔다.

이 성어는 원래 '도광'과 '양회' 두 단어가 서로 따로 사용되어 왔던 것이 나중에 합해진 것이다. 도광은 이미 주周나라 때《귀곡자鬼谷子》의 〈이허중명서〉에 나오는데, '물밑에 빠지니 광채를 잃어버렸다.[溺于水下而韜光]'라는 문구에서 비롯되었다.

한나라 때 하상공의 주《노자》에서 제7장을 도광이라고 명명하기도 했다. 그리고 한나라 공륭의 〈이합작군성명자시〉 중에 '붉은 매괴 옥은 돌면서 빛을 감추고, 아름다운 옥 광채를 감추었네.[玫

旋隱曜, 美玉韜光]' 라는 시구에서도 인용되었다.

'양회'는 《시경》에 '아, 휘황한 무왕의 군사여! 시세에 따라서 어리석은 체하며 언행을 삼가고 힘을 길렀네.[于鑠王師, 遵養時晦]' 라는 말에서 비롯되었다.

그러나 도광양회가 대중에게 잘 알려진 계기는 나관중羅貫中의 《삼국지연의三國志演義》에서 조조와 유비에 관한 이야기에서 비롯되었다. 즉 가장 세력이 약했던 유비가 조조에게 몸을 의탁했을 때, 조조의 경계심을 풀어주기 위해 후원에 채소를 심고 물을 주는 일로 소일했다. 자신의 재능을 숨기고 큰 뜻이 없음을 가장하기 위한 것으로, 《삼국지연의》에서는 '도회지계韜晦之計'라고 했다. 즉 '재능을 숨기고 속으로 실력을 키우는 계략'이라는 뜻이다.

그러나 조조가 계속 유비에 대한 경계심 풀지 못하고, 하루는 유비를 정원으로 불러 앉아서 '영웅'을 논했다. 조조가 손가락으로 유비와 자신을 번갈아 지적한 뒤 말하기를,

"지금 영웅이라고 할 수 있는 인물은 그대와 나 둘뿐이오."

라고 했다. 이 말을 들은 유비는 들고 있던 수저를 떨어뜨리며 깜짝 놀라는 시늉을 했다. '졸장부에 불과한 나를 영웅이라고 하니 놀라 자빠질 지경'이라는 가장을 한 것이다. 조조는 결국 유비의 '도회지계'를 읽지 못했고, 훗날 낭패를 보게 된다.

출전 《시경》, 《귀곡자》

得隴望蜀 득롱망촉

得 얻을 득 隴 땅이름 롱(농) 望 바랄 망 蜀 나라이름 촉

풀이

농서隴西 지방을 얻고 나니 촉蜀 지방이 탐난다는 말로, 사람의 욕심은 끝이 없음을 가리키는 말.

유래

중국 전한前漢 시대 말기에 왕망의 무도한 정치로 말미암아 사방에서 봉기가 일었다. 수도였던 장안은 적미적赤眉賊의 유분자가 점거하였고, 감숙성 농서 일대는 외효, 사천성의 촉 일대는 공손술, 하남성 수양 일대는 유영, 안휘성의 노강 일대는 이헌, 산동성 임치 일대는 장보 등이 점거하였는데, 그중 몇몇은 스스로 황제라고 일컬을 정도로 세력이 컸다.

이 무렵 한나라를 재건하기 위해 군사를 일으킨 광무제는 이들을 하나씩 모두 토벌하고 농서와 촉 일대만을 복속시키지 못하고 있었다. 그중 세력이 약한 외효는 광무제와 공손술 간에 양다리 외교로 명맥을 유지하려 했으나 실패하고, 외효가 죽자 그 아들이 광무제에게 항복함으로써 마침내 농서도 광무제의 손에 들어오게 되었다.

이때 광무제가 부하들에게 말했다.

“성이 함락되거든 곧 군사를 거느리고 남쪽의 촉나라를 쳐라. 사람은 만족할 줄 몰라 이미 농서를 평정했는데도 또다시 촉을 바라게 되는구나. 매양 군사를 출동시킬 때마다 그로 인해 머리가 희어진다.”

여기에서 ‘득롱망촉’이라는 말이 비롯되었다.

그 후에 후한 시대 말기에 다음과 같은 이야기가 나온다.

촉蜀 지방을 차지한 유비가 오나라의 손권과 다투고 있는 틈을 노려 위나라의 조조는 단숨에 한중漢中을 점령하고 농서 일대를 장악했다. 그러자 명장 사마의가 조조에게 말하였다.

“이 기회에 촉의 유비를 치면 쉽게 얻으실 수 있을 것입니다.”

그러자 조조는 이렇게 말하면서 진격을 멈추었다.

“사람이란 만족을 모른다고 하지만, 이미 농서를 얻었으니 촉까지는 바라지 않소.”

기실 당시의 조조는 촉을 토벌하기에는 힘이 부쳤던 것이지 속마음은 촉나라를 간절하게 원하고 있었다.

이와 같이 ‘득롱망촉’이란 하나를 이루면 그 다음이 욕심난다는 뜻으로, 만족할 줄 모르는 인간의 속성을 드러내는 말이다. 같은 뜻으로 ‘평롱망촉平隴望蜀’이라고도 한다.

출전 《후한서》 〈광무기〉, 〈헌제기憲帝紀〉

蚌鷸之爭방휼지쟁

蚌 방합 방 鷸 도요새 휼 之 갈 지, 어조사 지 爭 다툴 쟁

풀이

방합과 도요새의 다툼, 제삼자만 이롭게 하는 다툼을 이르는 말.

유래

조趙나라가 연나라를 치고자 할 때 소대蘇代라는 사람이 연나라를 위하여 조 혜왕惠王에게 일러 말하기를,

"오늘 신이 역수를 건너다가 보니, 조개가 마침 물가에 올라와 햇볕을 쬐려고 입을 딱 벌리고 있어서 황새가 그것을 보고 조개의 고기를 먹으려고 찍으니 조개가 놀라서 꼭 오므리고 그 황새의 입부리를 물었습니다. 황새가 말하되 '오늘 비가 안 오고 내일도 비가 안 오면 곧 너는 죽을 뿐이다.' 하니 조개도 또한 황새에게 일러 말하되 '오늘 물고서 벌리지 않고, 내일 물고서 벌리지 않으면 곧 너는 죽을 뿐이다.'하여 둘이 서로 놓지 않고 싸우거늘 어부가 잡아서 둘을 얻었습니다. 지금 조나라가 연나라를 쳐서 두 나라가 오랫동안 서로 싸워서 백성을 괴롭게 하면, 신臣은 강한 진秦나라에 먹히어 어부의 이익을 주게 될까 두렵습니다. 원컨대 왕은 깊이 생각하소서."

조나라 혜왕이 말하되, "옳은 말이다." 출전 《전국책戰國策》 〈연책燕策〉

有備無患유비무환

有 있을 유 備 갖출 비 無 없을 무 患 근심 환

풀이

준비가 있으면 근심이 없다는 뜻으로, 미리 준비가 되어 있으면 우환을 당하지 아니함. 또는 뒷걱정이 없다는 뜻.

유래

중국 은나라 고종 때에 부열이란 어진 재상이 있었다. 어느 날 고종은 부열에게 어진 정사에 대해서 자문을 구했다. 이에 부열은 다음과 같이 말했다.

"생각이 옳으면 이를 행동으로 옮기되 그 옮기는 것을 시기에 맞게 하십시오. 그 능력을 자랑하게 되면 그 공을 잃게 됩니다. 오직 모든 일은 다 그 갖춘 것이 있는 법이니, 갖춘 것이 있어야만 근심이 없게 될 것입니다.[惟事事, 及其有備, 有備無患]"

또 춘추 시대 어느 해에 정나라가 송나라를 침략하자 송나라는 위급함을 진晋나라에 알리고 원병을 청했다. 진의 국왕인 도공悼公은 즉시 노魯·제齊·조曹나라 등 주변의 10여 개국에 이 사실을 통고하고 연합군을 편성하여 사마 위강으로 하여금 정나라의 도성을 포위하여 송에서 철수하라고 으름장을 놓았다.

정나라는 정세가 불리하다고 판단하고 재빨리 철군하여 연합국과 불가침조약을 맺었다. 그런데 남방에 있던 초나라가 북방 나라들의 연합전술에 위협을 느껴 정나라를 침공했다. 초나라 군대의 위세에 기가 죽은 정나라는 초나라와도 맹약을 체결할 수밖에 없었다.

그러자 이번에는 북방의 연합국들이 두 나라의 맹약에 불만을 품고 정나라를 공격했다. 이에 정나라가 연합국에게 다시 화친을 요구하게 되었고, 연합국은 마지못해 이에 응함으로써 다시 평화가 유지되었다.

정나라는 감사의 표시로 보물과 미녀들을 도공에게 보냈다. 도공은 이것을 다시 위강에게 하사하였다. 그러자 위강은 이를 사양하면서 도공에게 이렇게 말했다.

"편안할 때에도 위태로운 때를 생각해야 하고, 위태로운 때를 생각한다면 언제나 준비가 있어야 하며, 충분한 준비가 되어 있으면 근심할 일이 없을 것입니다.[居安思危, 思危則有備, 有備則無患]"

이 말을 전해들은 도공은 새삼 위강의 남다른 식견에 머리를 끄덕이며 미녀들을 모두 정나라로 돌려보냈다고 한다.

출전 《서경》, 《춘추좌씨전》

有所作爲유소작위

有 있을 유 所 바 소 作 지을 작 爲 할 위

풀이

적극적으로 참여해서 하고 싶은 대로 한다는 뜻으로, 2002년 이후 중국이 취하고 있는 대외정책.

유래

《맹자》에 나오는 '사람은 하지 않는 일이 있어야만 하는 일에서 큰 성공을 거둘 수 있다.'는 뜻인 '인유불위야人有不爲也, 이후가이유위以後可以有爲'에서 비롯되었다. 도광양회를 거쳐 실력이 갖추어진 후 개입할 바가 생기면 적극적으로 자신의 뜻을 관철시킨다는 뜻으로, 2002년 11월 제4세대 지도부인 후진타오[胡錦濤] 체제가 들어서면서 중국 정부가 취하고 있는 대외정책 가운데 하나이다.

중국은 급속한 경제발전을 통해 힘이 축적되자, 2003년부터는 세계평화를 지지하면서 대국으로 발전하겠다는 뜻의 '화평굴기和平掘起' 정책을 펼쳤다. 이어 2004년부터는 '화평굴기' 대신 적극적인 관여와 개입을 뜻하는 새로운 외교 전략을 펼치기 시작했는데, 바로 '유소작위' 전략이다. '유소작위'는 국제관계에서 관여와 개입을 통해 중국의 역할을 강조하고, 국익을 확대하고자 하는 적극적이고 공세적인 대외정책이다. 이는 경제력뿐 아니라 국방력에서도 국제적 위력을 행사한다는 부국강병 정책의 전 단계에 해당한다.

출전 《맹자》

和而不同화이부동

和 화할 화 而 말 이을 이, 능히 능 不 아닐 부, 아닐 불 同 한가지 동

풀이

남과 사이좋게 지내되 의를 굽혀 좇지는 아니한다는 뜻으로, 곧 남과 화목하게 지내지만 자기의 주장과 원칙을 잃지 않음.

유래

공자는 군자와 소인의 차이점을 다음과 같이 말한 적이 있었다.

"군자는 남들과 화합하되 부화뇌동하지 않고, 소인은 부화뇌동하되 화합할 줄을 모른다.[君子和而不同, 小人同而不和]"

또 공자가 말했다.

"군자는 두루 통하면서 편파적이지 아니하고, 소인은 편파적이면서 두루 통하지 않는다.[君子周而不比, 小人比而不周]"

이는 대인관계나 대외관계에서 매우 중요하게 인용된다.

조선조 때 탕평비蕩平碑에는 다음과 같은 문구가 새겨져 있다.

'두루 통하면서 편파적이 아닌 것은 군자의 공평한 마음이고, 편파적이면서 두루 통하지 못하는 것은 소인의 사사로운 의견이다.[周而弗比乃君子之公心, 周而弗比乃小人之私意]'

출전 《논어》 〈자로〉, 〈위령공〉

더 살펴보기

鯨戰蝦死경전하사

鯨 고래 경 戰 싸움 전 蝦 두꺼비 하, 새우 하 死 죽을 사

고래 싸움에 새우가 죽는다는 속담의 한역으로, 강자끼리 싸우는 틈에 끼여 약자가 아무런 상관없이 화를 입는다는 말.

鷄口牛後계구우후

鷄 닭 계 口 입 구 牛 소 우 後 뒤 후

닭의 부리가 될지언정 쇠꼬리는 되지 말라는 뜻으로, 곧 큰 집단의 말석보다는 작은 집단의 우두머리가 낫다는 말.

孤立無援고립무원

孤 외로울 고 立 설 립(입) 無 없을 무 援 도울 원

고립되어 도움을 받을 데가 없음.

近憂遠慮근우원려

近 가까울 근, 어조사 기 憂 근심 우 遠 멀 원 慮 생각할 려(여)

가까운 곳에서는 근심하고 먼 곳에서는 염려함.

內憂外患내우외환

內 안 내, 들일 납 憂 근심 우 外 바깥 외 患 근심 환

내부에서 일어나는 근심과 외부로부터 받는 근심이란 뜻으로, 나라 안팎의 여러 가지 어려운 사태를 이르는 말.

名實相符명실상부

名 이름 명 實 열매 실, 이를 지 相 서로 상, 빌 양 符 부호 부

이름과 실상이 서로 들어맞음. 알려진 것과 실제의 상황이나 능력에 차이가 없음.

富國强兵부국강병

富 부유할 부 國 나라 국 强 강할 강 兵 병사 병

부유한 나라와 강한 군사라는 뜻으로, 나라를 부유하게 하고 군대를 강하게 함.

事大交隣사대교린

事 일 사, 섬길 사 大 큰 대 交 사귈 교 隣 이웃 린

큰 나라를 섬기고 이웃 나라와 친하게 지냄.

西勢東漸서세동점

西 서녘 서 勢 형세 세 東 동녘 동 漸 점점 점, 적실 점

서양의 세력이 차차 동쪽으로 그 기세를 넓힘.

脣亡齒寒순망치한

脣 입술 순 亡 잃을 망 齒 이 치 寒 찰 한

입술이 없으면 이가 시리다는 말로 서로 떨어질 수 없는 밀접한 관계라는 뜻.

漁父之利어부지리

漁 고기잡이 어 父 아비 부, 연로한 사람 부 之 어조사 지 利 이익 리

어부의 이익이란 뜻으로 둘이 다투고 있는 사이에 엉뚱한 사람이 이익을 가로챔을 비유하는 말.

吳越同舟오월동주

吳 나라 이름 오 越 넘을 월, 나라 이름 월 同 한가지 동 舟 배 주

원수지간인 오나라 사람과 월나라 사람이 같은 배를 탔다는 뜻으로, 원수나 사이가 좋지 않는 사람이라도 위험에 처하면 서로 돕게 된다는 말.

遠交近攻원교근공

遠 멀 원 交 사귈 교 近 가까울 근 功 칠 공

먼 나라와 친하고 가까운 나라를 쳐서 점차 영토를 넓힘. 중국 전국 시대에 범저가 진나라 왕에게 진언한 외교정책.

以夷制夷이이제이

以 써 이, 어조사 이 夷 오랑캐 이 制 절제할 제 夷 오랑캐 이

오랑캐를 이용하여 다른 오랑캐를 제어함.

合從連橫합종연횡

合 합할 합 從 좇을 종 連 잇닿을 연(련) 橫 가로 횡

중국의 춘추전국 시대에 행해졌던 외교 방식으로 약자끼리 세로로 연합하는 합종책과 가로로 연합하는 연횡책을 말함. 즉 합종책은 한韓 · 위魏 · 조趙 · 연燕 · 초楚 · 제齊의 여섯 나라가 군사 동맹을 맺어서 진秦나라에 맞서는 것이고, 연횡은 위의 여섯 나라가 진나라에 복종하는 것을 이름.

狐假虎威호가호위

狐 여우 호 假 거짓 가 虎 범 호 威 위엄 위

여우가 호랑이의 위세를 빌려 호기를 부린다는 뜻으로 남의 세력을 빌어 위세를 부림.

和光同塵화광동진

和 화할 화 光 빛 광 同 한가지 동 塵 티끌 진

자신의 빛나는 재질을 안으로 추슬러 밖에 드러내지 않고 세상과 더불어 조화롭게 살아가는 것을 말함.

가도멸괵假道滅虢

진나라가 괵나라를 치기 위해 우나라에 길을 빌려줄 것을 요청하였다. 이때 우나라의 대신 궁지기는 길을 빌려주면 우나라는 망하게 될 것이라며 결사적으로 반대했다. 그러나 어리석은 우공은 진나라에 길을 빌려주었다. 마침내 진군이 괵나라를 멸망시킨 뒤 회군해 오니 우공이 마중을 나갔다. 우나라 도읍의 교외에 주둔하고 있던 진군은 우공이 마중 나온 틈을 타서 돌연 기습을 가했다. 우공은 방심하고 있다가 손 한 번 써보지 못하고 포로가 되고 말았다. 결국 우나라가 이렇게 간단하게 망하니 진나라는 길을 빌려달라는 핑계로 두 나라를 삼킨 일석이조의 전과를 거둔 셈이 되었다.

이처럼 '가도멸괵' 그 본래의 뜻은 작은 나라가 적의 사이에 끼여 위협을 받을 때 그 틈바구니에서 강한 세력을 이용해 상대를 제압하고 기회를 노려 강한 세력을 기습하는 것을 가리킨다. 결국 '가도멸괵'이란 그 진실한 군사적인 의도를 숨기기 위한 구체적인 수단으로 이용되는 계책인 셈이다. 우리나라의 임진왜란도 일본이 명나라를 정벌하러 가는 데 조선의 길을 빌린다는 '가도정명假道征明' 이었으니, 되새길 만하다.

11

적을 알고 나를 알면 백번 싸워도 위태롭지 않다

[승부와 전쟁]

强弩之末강노지말

强 강할 강 弩 쇠뇌 노 之 갈 지, 어조사 지 末 끝 말

풀이

힘찬 활에서 나온 화살도 마지막에는 힘이 떨어져 비단조차 구멍을 뚫지 못한다는 뜻으로, 아무리 강자도 마지막에는 결국 쇠퇴하고 만다는 의미.

유래

한나라 무제가 즉위한 얼마 후, 끊임없이 한나라의 영토를 침탈한 북방의 흉노를 정벌하겠다고 나섰다. 그러자 한안국韓安國이라는 신하가 말렸다.

"우리 군사가 아무리 강하다고 해도 먼 길을 원정할 경우 승리를 바랄 수 없습니다. 강한 쇠뇌[强弩]로 쏜 화살도 먼 데까지 가면 노나라에서 나는 얇은 비단조차 뚫지 못하는 법입니다."
라고 주장하여 결국 흉노와 화친하게 되었다.

또 삼국 시대 제갈량도 '강노지말'의 성어를 다음과 같이 인용했다. 즉 제갈량은 조조에게 쫓겨 위태로워진 유비를 돕기 위해 손권을 찾아가 이렇게 설득했다.

"우리가 아무리 패했다고 하지만, 되돌아온 군사 등을 합치면 정예군사가 그래도 1만 명은 됩니다. 조조의 군사는 먼 길을 원정

하느라고 지친 상태입니다. 하루 밤낮에 300리를 강행군했다고 합니다. 이것이야말로 '강한 화살이 마지막에는 얇은 천도 뚫지 못한다.' 는 것이 아닙니까? 더구나 조조의 군사는 수전水戰에 익숙하지 못합니다. 몇 만의 병력만 내면 우리와 협력해서 반드시 조조를 격파할 수 있을 것입니다."

결국 손권은 제갈량에게 설득당해 군사를 일으켰다. 그 유명한 '적벽 싸움' 에서 화공火攻으로 조조를 패퇴시킬 수 있었다.

출전 《사기》〈한안국열전韓安國列傳〉

困獸猶鬪 곤수유투

困 곤할 곤 獸 짐승 수 猶 오히려 유, 움직일 요 鬪 싸울 투, 싸움 투

풀이

위급한 경우에는 짐승일지라도 적을 향해 싸우려 덤빈다는 뜻으로, 곧 궁지에 빠지면 약한 자가 도리어 강한 자를 해칠 수 있다는 뜻.

유래

중국 춘추전국 시대, 진晉나라와 초나라 사이에 정나라라는 약소국이 있었다. 어느 날 초나라가 정나라로 쳐들어갔다. 다급해진 정나라는 진나라에 원병을 요청했다. 진나라는 순임보라는 장수를 파견했으나 초나라의 손숙오에게 대패하고 말았다.

진나라의 경공은 이 소식을 듣고 크게 화가 나서 패전하고 돌아온 순임보와 휘하 장수에게 책임을 물어 사형시키고자 했다. 이때 대부 사정자士貞子가 반대하며 말했다.

"왕께서는 30년 전에 초나라와의 전투에서 대승을 거두어 나라 사람들이 크게 기뻐했습니다. 그런데도 왕께서는 안색이 어두웠습니다. 그 까닭을 묻자 '초나라에는 자옥이라는 사령관이 있기 때문이오. 짐승도 곤경에 빠지면 죽을힘을 다해 싸우는데[困獸猶鬪], 하물며 사람은 오죽 하겠습니까?' 라고 말씀하셨습니다. 후에

초나라 왕이 자옥을 죽였다는 소식을 듣고 후환이 없어졌다고 기뻐하셨습니다. 지금 순임보를 죽이는 것도 이와 마찬가지로, 결과적으로는 초나라에 이득을 안겨주시는 것입니다."

경공은 사정자의 말을 듣고 크게 깨달을 바가 있어서 웃으면서 말했다.

"대부는 그만 말하시오. 내가 이해하였습니다. 순임보를 죽여서 초나라에게 도움이 되는 일을 결코 하지 않겠소. 우리들은 다음번에는 결코 패하지 않을 것이오."

그리하여 결국 순임보와 휘하 장수들은 모두 무사하게 관직에 복귀할 수가 있었다.

출전 《춘추좌씨전》

金城湯池금성탕지

金 쇠 금, 성씨 김 城 성 성 湯 끓일 탕 池 못 지

풀이

쇠로 만든 성과 끓는 연못이란 뜻으로, 매우 견고하고 해자垓子를 갖춘 난공불락의 성이나 침범하기 어려운 장소를 비유함.

유래

진秦나라 말기, 진시황이 죽자 그동안의 가혹한 법과 억압에 항거하는 반란과 소요가 전국 각지에서 일어났다. 그중에서 진승陳勝의 농민군이 가장 유명했다. 이 무렵 진승의 부장 중에 무신이라는 자가 조나라의 옛 영토를 평정하고 범양을 공격하고 있었다. 이때 범양에 있던 괴통이라는 변설가가 범양의 현령인 서공徐公에게, 자신이 무신을 만나서 다음과 같이 설복해 보겠다고 하였다.

"만일 당신이 범양을 공격하면 여러 현령들은 모두가 끓는 물의 연못에 둘러싸인 강철 성[金城湯地]처럼 반드시 성을 굳게 지켜서 공격할 수 없겠지만, 범양의 현령을 후하게 맞이하고 다른 곳으로 사자를 보내면 그것을 보고 모두 싸우지 않고 항복할 것이다."

무신도 깨닫는 바가 있어 괴통의 말대로 따랐다. 과연 범양 사람들은 잔인한 전투를 하지 않은 서공의 덕을 칭송했고, 인근 30여 개의 성이 모두 무신에게 항복했다. 출전 《한서漢書》 〈괴통전〉

先則制人 선즉제인

先 먼저 선 則 곧 즉, 법칙 칙 制 절제할 제 人 사람 인

풀이

남보다 앞서 일을 도모하면 능히 남을 누를 수 있다는 뜻으로, 아무도 하지 않는 일을 남보다 앞서 하면 유리함을 이르는 말.

유래

진秦나라 말기, 폭정에 시달린 각지의 백성들이 봉기를 일으키는 등 정세가 크게 어지러웠다. 당시 회계군수인 은통殷通도 기회를 엿보아 진나라에 반기를 들 생각이었다. 그래서 옛날 초나라 명장이었던 항연項燕의 아들인 항량項梁을 불러와 거병을 의논했다.

항량은 진나라가 천하통일하자 조카인 항우와 함께 오나라 지방으로 도피하여 복수를 다짐하면서 재기의 기회를 노리고 있었다.

은통이 항량에게 말했다.

"지금 강서 지방에서는 분분히 진나라에 반기를 들고 일어났는데, 이는 하늘이 진나라를 멸망코자 하는 시운이 되었기 때문이오. 내가 듣건대 '선수를 치면 남을 제압할 수 있고[先則制人] 뒤지면 남에게 제압당한다.[後則人制]' 라고 했소. 그래서 나는 그대와 환초를 장군으로 삼아 군사를 일으킬까 하오."

그러나 항량은 은통이 대권을 장악할 영웅이 아니라고 생각하

고 이렇게 말했다.

"지금 환초는 유배를 받아서 강호에 떠돌아다니고 있는데, 저의 조카 항우가 환초가 어디에 있는지 알고 있습니다."

그러고는 항우를 불러와 몰래 은통의 목을 치게 하고, 스스로 회계군수가 되었다. 몸소 '선즉제인'을 실행했던 것이다. 그 후 항량은 군사를 모아 진나라의 함양으로 진격 중에 전사하고, 항우가 그의 자리를 대신하여 유방 등과 더불어 진나라를 멸망시키고 스스로 서패초왕西覇楚王으로 등극하였다.

출전 《사기》, 《한서》 〈항적전項籍傳〉

衆寡不敵중과부적

衆 무리 중 寡 적을 과 不 아닐 부, 아닐 불 敵 대적할 적, 다할 활

풀이

적은 수효로 많은 수효를 대적하지 못한다는 뜻.

유래

춘추전국 시대, 맹자는 여러 나라를 다니면서 왕도정치를 주장하였다. 제나라 선왕은 맹자가 현명하다는 소문을 듣고 그를 만나 어떻게 하면 천하의 패권을 잡을 수 있는지를 물어보았다. 이에 맹자가 말했다.

"왕께서 스스로는 방일한 생활을 하시면서 나라를 강하게 만들고 무력으로 천하의 패권을 잡으려 드시는 것은 그야말로 '나무에 올라 물고기를 구하는 것' 과 같사옵니다."

"아니, 과인의 행동이 그토록 터무니가 없는 것이오?"

"가령, 지금 소국인 추나라와 대국인 초나라가 싸운다면 어느 쪽이 이기겠나이까?"

"그야, 당연히 대국인 초나라가 이길 것이오."

"그렇다면 소국은 결코 대국을 이길 수 없고 '소수는 다수를 대적하지 못하며[衆寡不敵]' 약자는 강자에게 패하기 마련이옵니다. 지금 천하에는 1,000리 사방의 나라가 아홉 개 있사온데, 제나라

도 그중 하나이옵니다. 한 나라가 여덟 나라를 굴복시키려 하는 것은 결국 소국인 추나라가 대국인 초나라를 이기려 하는 것과 같은 이치가 아니겠습니까?"

이렇게 역설한 맹자는 왕도정치를 통하여 천하의 백성을 다스릴 것을 당부했다.

"왕도정치로써 백성들에게 인정을 베풀어서 그들을 열복시킨다면 그들은 모두 전하의 덕에 기꺼이 굴복할 것이오며, 또한 천하는 전하의 뜻에 따라 움직이게 될 것이옵니다."

출전 《맹자》, 《위지魏志》

知彼知己지피지기 百戰不殆백전불태

知 알 지 彼 저 피 知 알 지 己 몸 기, 자기 기
百 일백 백 戰 싸울 전 不 아닐 불 殆 위태할 태

풀이

적을 알고 나를 알면 백 번 싸워도 위태롭지 않다는 뜻으로, 상대편과 나의 약점과 강점을 충분히 알고 승산이 있을 때 싸움에 임하면 이길 수 있다는 말.

유래

손무의 병법서인 《손자병법孫子兵法》의 〈모공편謀攻篇〉에 적군에 승리하는 방법을 다음과 같이 말했다. 최선의 승리는 아군의 피해가 전혀 없이 싸우지 않고 승리하는 것이며, 그러기 위해서는 계략으로 적군의 전의戰意를 꺾어야 할 것을 지적하였다.

손자는 결코 백전백승百戰百勝을 상책으로 삼지 않았다. 백 번 싸워 백 번 이기는 것은 상의 상책이 아니고, 싸우지 않고서 적의 군대를 굴복시키는 것을 상의 상책으로 삼았다. 그러므로 으뜸가는 군대는 계략으로 적을 쳐부수는 것이고, 그 다음은 외교로 적을 고립시켜 무너뜨리는 것이며, 그 다음은 무력으로 정벌하는 것이라고 주장하였다.

또한 전쟁에서 승패를 알 수 있는 방법을 다음과 같이 말했다.

"적과 아군의 실정을 잘 알고 비교 검토한 후 승산이 있을 때 싸운다면 백 번을 싸워도 결코 위태롭지 않다.[知彼知己 百戰不殆]"

"적의 실정을 모른 채 아군의 전력만 알고 싸운다면 승패의 확률은 반반이다."

"적의 실정은 물론 아군의 전력까지 모르고 싸운다면 싸울 때마다 반드시 패한다."

출전 《손자병법孫子兵法》 〈모공편謀攻篇〉

더 살펴보기

肝腦塗地간뇌도지

肝 간 간 腦 골 뇌, 뇌수 뇌 塗 칠할 도, 길 도 地 땅 지

간과 뇌가 흙에 범벅이 된다는 뜻으로 전란 중에 참혹한 죽음, 혹은 나라를 위해 목숨을 돌보지 않고 힘을 다하는 것을 이름.

乾坤一擲건곤일척

乾 하늘 건 坤 땅 곤 一 한 일 擲 던질 척

하늘과 땅을 한 번에 내던진다는 뜻으로 천하를 건 사생결단의 승부를 일컫는 말.

見蚊拔劍견문발검

見 볼 견, 뵈올 현 蚊 모기 문 拔 뽑을 발, 무성할 패 劍 칼 검

모기를 보고 칼을 뺀다는 뜻으로, 보잘것없는 작은 일에 지나치게 큰 대책을 세움. 조그만 일에 화를 내는 소견이 좁은 사람.

孤軍奮鬪고군분투

孤 외로울 고 軍 군사 군 奮 떨칠 분 鬪 싸움 투

후원後援이 없는 외로운 군대가 힘에 벅찬 적군과 맞서 온힘을 다하여 싸움, 또는 홀로 여럿을 상대로 싸움.

驕兵必敗교병필패

驕 교만할 교 兵 병사 병 必 반드시 필 敗 패할 패

자기 군대의 힘만 믿고 교만하여 적에게 위엄을 보이려는 병정은 적의 군대에게 반드시 패한다는 뜻.

軍令泰山군령태산

軍 군사 군 令 하여금 령(영) 泰 클 태 山 뫼 산

군대의 명령은 태산같이 무거움.

群雄割據군웅할거

群 무리 군 雄 수컷 웅 割 벨 할 據 근거 거

많은 영웅들이 각기 한 지방에 웅거하여 세력을 과시하며 서로 다투는 상황을 이르는 말.

苦肉之策고육지책

苦 쓸 고 肉 고기 육, 둘레 유 之 어조사 지 策 꾀 책, 채찍 책

적을 속이는 수단으로써 제 몸 괴롭히는 것을 돌보지 않는 계책.

捲土重來권토중래

捲 말 권 土 흙 토 重 무거울 중, 다시 중 來 올 래

흙먼지를 날리며 다시 온다는 뜻으로, 실패에 굴하지 않고 몇 번이고 다시 일어나거나 세력을 되찾아 쳐들어오는 것을 비유함.

難攻不落난공불락

難 어려울 난, 우거질 나 攻 칠 공 不 아닐 불, 아닐 부 落 떨어질 락

공격하기 어려워 좀처럼 함락되지 아니함.

螳螂拒轍당랑거철

螳 사마귀 당 螂 사마귀 랑 拒 막을 거 轍 수레바퀴 철

사마귀가 수레바퀴를 막는다는 뜻으로 자기의 힘은 헤아리지 않고 강자에게 함부로 덤빔.

馬革裹屍마혁과시

馬 말 마 革 가죽 혁, 중해질 극 裹 쌀 과 屍 주검 시

말의 가죽으로 시체를 싼다는 뜻으로, 전쟁에 나가 살아 돌아오지 않겠다는 뜻을 말함.

勿失好機물실호기

勿 말 물 失 잃을 실 好 좋을 호 機 틀 기

좋은 기회를 잃지 말라는 뜻.

背水之陣배수지진

背 등 배 水 물 수 之 어조사 지 陣 진칠 진

물을 등지고 진을 친다는 뜻으로, 물러설 곳 없이 목숨 걸고 싸울 수밖에 없는 상황. 또는 물을 등지고 적과 싸울 진을 치는 진법.

白衣從軍백의종군

白 흰 백 衣 옷 의 從 좇을 종 軍 군사 군

벼슬이 없는 사람이 흰 옷을 입고 군대를 따라 싸움터에 나감을 이르는 말.

百戰老將백전노장

百 일백 백, 힘쓸 맥 戰 싸움 전 老 늙을 노 將 장수 장, 장차 장

많은 전투를 치른 노련한 장수란 뜻으로, 세상일에 경험이 많아 여러 가지로 능란한 사람을 이르는 말.

百戰百勝백전백승

百 일백 백 戰 싸울 전 百 일백 백 勝 이길 승

백 번 싸워 백 번 이긴다는 뜻으로 싸울 때마다 이긴다는 말.

伯仲之勢백중지세

伯 맏 백, 우두머리 패, 길 맥 仲 버금 중 之 어조사 지 勢 형세 세

차이가 없는 형세, 우열의 차이가 없이 엇비슷함.

兵家常事병가상사

兵 병사 병 家 집 가, 계집 고 常 떳떳할 상, 항상 상 事 일 사

병가兵家에는 항상 있는 일이란 뜻으로, 흔히 있는 일 또는 실패는 흔히 있는 일이니 낙심할 것 없다는 뜻.

四面楚歌사면초가

四 넉 사 面 낯 면, 앞 면 楚 초나라 초 歌 노래 가

사방에서 들리는 초나라의 노래라는 뜻으로, 적에게 둘러싸인 상태나 누구의 도움도 받을 수 없는 고립 상태에 빠짐을 이르는 말.

山戰水戰산전수전

山 뫼 산 戰 싸움 전 水 물 수 戰 싸움 전

산에서의 싸움과 물에서의 싸움이라는 뜻으로, 세상의 온갖 고난을 다 겪어 세상일에 경험이 많음을 이르는 말.

三十六計삼십육계

三 석 삼 十 열 십 六 여섯 육(륙) 計 셀 계

서른여섯 가지의 계략, 또는 삼십육계 중에 줄행랑이 상책이라는 뜻으로 전용되어 사용하기도 함.

聲東擊西성동격서

聲 소리 성 東 동녘 동 擊 칠 격 西 서녘 서

동쪽에서 소리를 내고 서쪽에서 적을 친다는 뜻으로, 동쪽을 치는 듯이 하면서 실제로는 서쪽을 치는 병법의 하나. 상대를 기만하여 공격함을 비유하는 말.

束手無策속수무책

束 묶을 속, 약속할 속 手 손 수 無 없을 무 策 꾀 책, 채찍 책

손을 묶인 듯이 어찌할 방책이 없어 꼼짝 못 하게 된다는 뜻으로, 뻔히 보면서 어찌할 바를 모르고 꼼짝 못 한다는 뜻.

乘勝長驅승승장구

乘 탈 승 勝 이길 승 長 길 장, 어른 장 驅 몰 구

싸움에서 이긴 기세를 타고 계속 적을 몰아친다는 말.

弱肉强食약육강식

弱 약할 약 肉 고기 육 强 강할 강 食 밥 식, 먹을 식

약한 자는 강한 자에게 먹힌다는 뜻, 생존 경쟁의 살벌함을 말함.

烏合之卒오합지졸

烏 까마귀 오 合 합할 합 之 어조사 지 卒 마칠 졸, 병졸 졸

까마귀가 모인 것 같은 무리라는 뜻으로, 질서 없이 어중이떠중이가 모인 군중 또는 제각기 보잘것없는 수많은 사람을 이르는 말.

蝸角之爭와각지쟁

蝸 달팽이 와 角 뿔 각 之 어조사 지 爭 다툴 쟁

달팽이의 촉각 위에서 싸운다는 뜻으로 작은 나라끼리의 싸움이나 하찮은 일로 승강이하는 짓.

臥薪嘗膽와신상담

臥 누울 와 薪 섶 신 嘗 맛볼 상 膽 쓸개 담

섶에 누워 쓸개를 씹는다는 뜻으로, 원수를 갚으려고 온갖 괴로움을 참고 견딤을 이르는 말.

龍虎相搏용호상박

龍 용 용(룡) 虎 범 호 相 서로 상 搏 칠 박

용과 호랑이가 서로 싸운다는 뜻으로, 두 강자가 서로 승패를 다툼을 이르는 말.

一網打盡일망타진

一 한 일 網 그물 망 打 칠 타 盡 다할 진

그물을 한 번 쳐서 물고기를 모조리 잡는다는 뜻으로, 한꺼번에 모두 잡는다는 말.

一罰百戒일벌백계

一 한 일 罰 벌할 벌 百 일백 백, 힘쓸 맥 戒 경계할 계

한 사람을 벌주어 백 사람을 경계한다는 뜻으로, 한 가지 죄와 또는 한 사람을 벌줌으로써 여러 사람의 경각심을 불러일으킴.

一觸卽發일촉즉발

一 한 일 觸 닿을 촉 卽 곧 즉 發 펼 발

한 번 닿기만 하여도 곧 폭발한다는 뜻으로, 조그만 자극에도 큰일이 벌어질 것 같은 위급하고 아슬아슬한 상태를 이르는 말.

進退兩難진퇴양난

進 나아갈 진 退 물러날 퇴 兩 두 양(량), 냥 양(냥) 難 어려울 난

나아갈 수도 물러설 수도 없는 궁지에 빠짐.

破釜沈船파부침선

破 깨뜨릴 파 釜 가마솥 부 沈 잠길 침 船 배 선

밥 짓는 가마솥을 부수고 돌아갈 배도 가라앉힌다는 뜻으로, 결사의 각오로 싸움터에 나서거나 최후의 결단을 내림을 비유하는 말.

破竹之勢파죽지세

破 깨뜨릴 파 竹 대 죽 之 어조사 지 勢 형세 세

대나무를 쪼개는 기세라는 뜻으로, 곧 세력이 강대하여 적을 거침없이 물리치고 쳐들어가는 기세이거나 세력이 강하여 걷잡을 수 없이 나아가는 모양.

12

경제를 살려야 나라를 잘 다스리고 백성을 구제할 수 있다

[경제와 빈부]

開源節流개원절류

開 열 개, 평평할 견 源 근원 원 節 마디 절 流 흐를 류(유)

풀이

재원을 늘리고 지출을 줄인다는 뜻으로, 부를 이루기 위하여 반드시 지켜야 할 원칙을 비유한 말.

유래

이 사상의 밑그림을 그린 사상가는 공자였다. 그는 치국의 도리로 백성을 안정시키는 것을 최우선으로 생각하여 백성이 가난하면 원망이 생기고, 백성이 부유하면 저절로 안정될 것이라 주장하였다. 때문에 위정자는 백성들이 농업에 종사할 수 있는 시기를 놓치지 말도록 정치를 하고, 그러면 백성들이 부유해지고 백성들이 부유해지면 나라도 자연스럽게 부강해질 수 있다고 했다.

이러한 그의 주장은 《논어》 〈안연편〉에서 '백성이 풍족하면 군주가 어찌 부족할 것이며, 백성이 부족하면 군주가 어찌 풍족하겠습니까?' 라고 말한 점에서도 확인할 수 있다.

또 공자와 같은 시기에 활동하면서 겸애를 주장했던 묵자 역시 생산과 절약의 중요성을 강조했다. 즉 그는 〈칠환〉이라는 글에서 '백성들이 추위에 떨거나 굶주리지 않았던 것은 어째서일까? 그들은 재물을 생산하는 데 치밀하였고, 그 재물을 쓰는 데 절약하였기 때문이다.' 라고 설명했다. 뒤에 공자와 묵자의 사상을 순자荀子가 계승했다.

순자는 전국 시대 말기에 대표적인 유물론적 성향의 유학자로 맹자의 성선설性善說에 반박하여 성악설性惡說을 주장하기도 했다. 그는 〈부국富國〉이란 글 가운데 국가의 강약과 빈부 차를 일으키는 경제에 대해 다음과 같이 설명했다.

즉 그는 경제를 물에 비유하여 생산과 수입은 원천으로, 비용과 지출은 흐름으로 파악하였다. 그는 부국의 요체는 바로 원천을 늘리고[開源] 흐름을 줄이는 것[節流]으로 보았다. 그리하여 '온 백성이 천시天時의 화기和氣를 얻고, 사업도 순서에 맞게 진행한다면 이는 재화의 원천이다. 세금을 거두어 국고에 저축한 것은 아무리 많다 하더라도 다 써버릴 수 있는 것이므로 이는 재화의 흐름이다. 그러므로 현명한 군주는 반드시 신중하게 그 화기를 길러 흐름을 절제하는 한편, 재화의 원천을 개발해야 한다.' 고 주장하였다.

출전 《순자》 〈부국편〉

見利思義견리사의

見 볼 견 利 이로울 리 思 생각할 사 義 옳을 의

풀이

눈앞에 이익을 보거든 먼저 그것을 취함이 의리에 합당한지를 생각하라는 말.

유래

어느 날 자로가 공자에게 성숙한 사람[成人]에 대해 묻자 공자가 말하길,

"장무중처럼 총명하고, 맹공작처럼 욕심이 없으며, 변장자처럼 용감하고, 염유처럼 재주가 있는데다가 예악禮樂으로 문채文彩를 내게 한다면 완전하게 성숙한 사람이 될 수 있다."

라고 대답한 뒤 다음과 같이 덧붙였다.

"그러나 오늘날의 성인이야 어찌 반드시 그러하겠는가? 이로움을 보면 대의를 생각하고, 위태로움을 보면 목숨을 바치며[見利思義 見危授命], 오래 전의 약속을 평생의 말로 여겨 잊지 않는다면 또한 마땅히 성인이라 할 수 있다."

그중 '견리사의見利思義, 견위수명見危授命'이란 성어는 우리나라의 안중근 의사가 나라의 앞날을 걱정하며 여순 감옥에서도 자신의 철학과 심경을 피력하는 간절한 마음으로 써서 남긴 글씨에

서도 찾아볼 수 있다. 이 성어는 '정당하게 얻은 부귀가 아니면 취하지 않는다, 의를 보고 행하지 않는 것은 용감함이 아니다.' 라는 뜻을 담고 있다.

출전 《논어》 〈헌문〉

奇貨可居 기화가거

奇 기특할 기, 의지할 의 貨 재물 화 可 옳을 가 居 살 거

풀이

어떤 물건 또는 재능과 학식, 기능 등을 쌓아두었다가 가격이 좋거나 좋은 기회가 있을 때에 이용한다는 뜻.

유래

전국 시대 말기, 진秦나라 소양왕의 손자이자 태자 안국공의 서자인 '자초'는 조趙나라의 인질로 갇혀 있었다. 자초의 아버지인 안국공에게는 20여 명의 자식이 있었지만 그가 가장 사랑하는 화양부인華陽夫人에게는 아들이 없었기 때문에 후계자를 정하지 않고 있었다.

그러던 어느 날, 한나라 출신의 상인인 여불위가 조나라의 수도 한단에 갔을 때에 자초가 볼모로 잡혀 고생하고 있는 사실을 알고 이런 말을 하였다.

"이 사람은 진기한 보물이다. 차지할 만하다."

그리고는 여불위가 자초에게 자신의 애첩인 무희까지 바치고 또 재정적으로 도와주고 뒷날을 굳게 약속한 다음, 그를 화양부인의 양자로 삼게 하였다.

훗날 진나라 소양왕과 태자 안국공이었던 효문왕이 연달아 서

거하여 마침내 자초가 왕위를 계승하여 장양왕將襄王이 되었다. 여불위는 장양왕이 된 자초에 의하여 승상이 되었고 문신후文信侯로 봉해져서 많은 권세를 누렸다. 이후 자초와 무희 사이에서 태어난 아들이 중국 천하를 통일한 진시황이 되었다.

출전 《사기》 〈여부위열전呂不韋列傳〉

利用厚生이용후생

利 이로울 이(리) 用 쓸 용 厚 두터울 후 生 날 생

풀이

이용은 기구를 편리하게 쓰는 것이고, 후생은 먹을 것 입을 것을 넉넉하게 하여 백성의 생활을 나아지게 한다는 뜻이다.

유래

이용 · 후생이란 말의 어원은 동양의 경서 중에 가장 오래된《상서尙書》라는 책의 '덕을 바로 잡고 쓰임을 이롭게 하며 삶을 두터이 함을 잘 조화해야 한다.[正德利用厚生, 惟和]' 라는 구절에서 나온 말이다. 덕을 바로잡는다는 뜻인 '정덕' 은 군신 · 부자 · 형제 · 부부 간에 지켜야 할 일련의 유교적 윤리체계로 오랜 세월 동안 동양의 정치관과 정신적인 가치관을 주도해온 사상이었다.

이에 반해 이용과 후생은 국민의 풍요로운 경제생활을 중시하는 물질적이고 현실적인 가치관으로 '정덕' 의 가치관이 먼저 실현되면 부차적으로 따라오는 정도의 사상으로 여겼다.

우리나라에서는 18세기 후반에 홍대용 · 박지원 · 박제가 등 북학파 실학자들이 '이용후생' 을 좀 더 적극적으로 추진하여, 먼저 백성의 생활을 풍족하게 만들고 이를 바탕으로 '정덕' 의 가치관을 공고히 해야 한다고 주장했다.

출전《상서》〈대우모大禹謨〉

더 살펴보기

竭澤而漁갈택이어

竭 다할 갈 澤 못 택 而 말 이을 이 漁 고기 잡을 어

연못의 물을 말려 고기를 잡는다는 뜻으로, 일시적인 욕심 때문에 먼 장래를 생각하지 않음.

見物生心견물생심

見 볼 견, 뵈올 현 物 물건 물 生 날 생 心 마음 심

물건을 보면 욕심이 생긴다는 말.

經國濟世경국제세

經 지날 경, 글 경 國 나라 국 濟 건널 제 世 인간 세, 대 세

나라 일을 경륜하고 세상을 구제함. '경제經濟'의 본말.

桂玉之艱계옥지간

桂 계수나무 계 玉 옥 옥 之 어조사 지 艱 어려울 간

남의 나라에 있으면서 계수나무보다 비싼 땔감을 때고, 옥보다 비싼 음식을 먹고 사는 괴로움이라는 뜻으로, 물가가 비싼 도시에서 고학하는 것을 이르는 말.

鼓腹擊壤고복격양

鼓 북 고 腹 배 복 擊 칠 격 壤 흙덩이 양

배를 두드리고 흙덩이를 친다는 뜻, 매우 살기 좋은 시절을 말함.

暖衣飽食난의포식

暖 따뜻할 난 衣 옷 의 飽 배부를 포 食 밥 식, 먹을 식

옷을 따뜻이 입고 음식을 배부르게 먹는다는 뜻으로, 의식 걱정 없이 편안하게 지냄.

多多益善다다익선

多 많을 다 多 많을 다 益 더할 익, 넘칠 일 善 착할 선

많으면 많을수록 더욱 좋다는 말.

同價紅裳동가홍상

同 한가지 동 價 값 가 紅 붉을 홍, 상복 공 裳 치마 상

'같은 값이면 다홍치마' 라는 뜻으로, 같은 조건이라면 좀 더 낫고 편리한 것을 택함.

買占賣惜매점매석

買 살 매 占 점령할 점, 점칠 점 賣 팔 매 惜 아낄 석

물건 값이 오를 것을 예상하고 물건을 많이 사두었다가 값이 오른 뒤에 파는 것을 이르는 말.

無價之寶무가지보

無 없을 무 價 값 가 之 갈 지, 어조사 지 寶 보배 보

값을 매길 수 없는 귀중한 보물.

富貴在天부귀재천

富 부유할 부 貴 귀할 귀 在 있을 재 天 하늘 천

부귀는 하늘이 부여하는 것이라 사람의 힘으로는 어찌할 수 없음을 이르는 말.

三旬九食삼순구식

三 석 삼 旬 열흘 순, 부역 균 九 아홉 구, 모을 규 食 밥 식, 먹을 식

한 달에 삼순, 즉 아홉 번 밥을 먹는다는 뜻으로, 집안이 가난하여 먹을 것이 없어 굶주린다는 말.

小貪大失소탐대실

小 작을 소 貪 탐낼 탐 大 클 대, 큰 대, 클 태 失 잃을 실

작은 것을 탐하다가 오히려 큰 것을 잃음.

一擧兩得일거양득

一 한 일 擧 들 거 兩 두 양(량), 냥 양(냥) 得 얻을 득

한 번에 두 가지를 얻음, 한 가지 일로 두 가지 이익을 보는 것.

一石二鳥일석이조

一 한 일 石 돌 석 二 두 이 鳥 새 조, 땅 이름 작, 섬 도

한 개의 돌을 던져 두 마리의 새를 맞추어 떨어뜨린다는 뜻으로, 한 가지 일을 해서 두 가지 이익을 얻음을 이르는 말.

一攫千金일확천금

一 한 일 攫 움킬 확 千 일천 천 金 쇠 금, 성씨 김

한꺼번에 많은 돈을 얻는다는 뜻으로, 노력하지 않고 벼락부자가 되는 것을 이르는 말.

自給自足자급자족

自 스스로 자 給 줄 급 自 스스로 자 足 발 족, 충족할 족

자기가 필요한 것을 스스로 만들어 충족시킴.

自手成家자수성가

自 스스로 자 手 손 수 成 이룰 성 家 집 가

스스로의 힘으로 집안을 일으킨다는 말, 또는 스스로의 힘으로 사업을 이룩하거나 큰일을 이룸.

積小成大적소성대

積 쌓을 적, 저축 자 小 작을 소 成 이룰 성 大 클 대, 큰 대

작은 것도 쌓이면 크게 됨, 적은 것도 쌓이면 많아짐을 비유.

糊口之策호구지책

糊 풀칠할 호, 죽 호 口 입 구 之 어조사 지 策 꾀 책, 채찍 책

입에 풀칠한다는 뜻으로, 겨우 먹고 살아가는 방책.

和氏之璧화씨지벽

和 화할 화 氏 각시 씨, 성씨 씨 之 어조사 지 璧 구슬 벽

화씨가 발견한 구슬이라는 뜻으로, 천하에 유명한 옥玉의 이름. 또 참된 보물은 이를 알아보는 사람이 나와야 그 진가를 알 수 있다는 뜻으로도 쓰인다.

여자 거상巨商 김만덕

김만덕(1739-1812)은 제주도에서 양가의 딸로 태어났다. 그러나 어려서 부모를 잃고, 호구지책으로 기생으로 전락하였다. 20세가 넘자 기생이 천한 신분임을 깨닫고 관가에 가서 자신은 본디 양가 출신임을 호소하여 다시 양인이 되었다. 이후 만덕은 장사에 뛰어난 솜씨를 발휘하기 시작하였는데, 객주客主를 차려 제주 특산물인 귤, 미역, 말총, 양태(갓의 재료)를 육지의 옷감, 장신구, 화장품과 교환하여 판매하는 상업에 종사하여 큰 부자가 되었다.

1795년(정조 19) 제주도에 큰 기근이 들어 굶어죽는 이가 많았는데 나라에서도 감당하기 어려울 정도였다. 그러자 만덕은 자신의 재산으로 육지에서 쌀을 사와 굶주린 사람들을 구제하였다. 이 소식을 들은 정조 임금은 특별히 만덕을 내의원의 의녀로 임명하여 서울로 오게 했다. 이때가 1796년(정조 20) 가을로, 만덕의 나이 57세였다.

만덕은 서울로 상경한 후 궁궐에 들어와서 왕비에게 인사를 올리고 후한 상을 받았으며, 반년 동안 서울에 머무르면서 채제공 등 유명 인사를 만났다. 1797년 늦은 봄에 금강산을 두루 구경하고 제주도로 돌아갔다.

출전《번암집樊巖集》

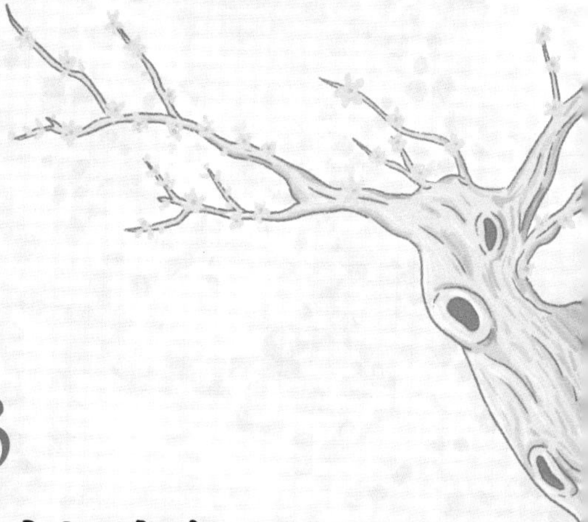

13

기술과 재주에 능하면 자신과 나라도 구할 수 있다

[기예와 기술]

鷄鳴狗盜계명구도

鷄 닭 계 鳴 울 명 狗 개 구 盜 도둑 도

풀이

닭의 울음소리를 잘 내는 사람과 개의 흉내를 잘 내는 좀도둑이라는 뜻이다. 그러나 천한 재주를 가진 사람도 때로는 요긴하게 쓸모가 있음을 비유한다.

유래

제나라의 맹상군孟嘗君은 갖가지 재주 있는 식객이 많았다. 어느 날 진秦나라 소왕昭王의 초빙을 받아 진나라에 갔을 때, 맹상군은 소왕에게 여우 겨드랑이 흰 털 부분의 가죽으로 만든 갖옷인 진귀한 호백구狐白裘를 선물로 바쳤다. 소왕은 맹상군이 마음에 들어 고관대작으로 임명하려 했지만 많은 신하들의 반대로 좌절되었다.

한편 맹상군은 제나라의 신하들이 자신을 죽이려 한다는 음모를 알아차리고 소왕의 애첩 총희에게 나가게 해달라고 부탁하니 총희는 자신에게도 호백구를 달라고 요구하였다. 그러나 호백구는 하나밖에 없어서 맹상군은 난처한 입장에 빠졌다. 이때 수행했던 식객 중에 개 흉내로 도둑질에 능한 자가 맹상군에게 이렇게 말했다.

"신이 능히 호백구를 얻어오겠습니다."

그리고는 밤에 몰래 개 흉내를 내어 진나라 궁의 창고로 들어가서, 소왕에게 바쳤던 호백구를 훔쳐와 총희에게 주니, 그녀의 덕택으로 맹상군은 석방될 수 있었다.

맹상군 일행은 궁에서 빠져 나와 밤중에 함곡관에 이르렀는데, 함곡관에서는 닭이 울어야 사람을 내보내는 것이 규칙이었다. 이때 식객 중에 닭 울음소리를 잘 내는 자가 나서서 '꼬끼오' 하니 모든 닭이 따라 울어 관문이 열렸고 무사히 통과하여 제나라로 올 수 있었다. 나중에 소왕은 맹상군의 귀국을 허락한 것을 뉘우치고 병사들로 하여금 뒤쫓게 했으나, 이미 관문을 통과한 뒤였다.

출전 《사기》 〈맹상군전〉

箕裘相繼기구상계

箕 키 기 裘 갖옷 구 相 서로 상 繼 이을 계

풀이

키와 갖옷이라는 뜻으로, 선대로부터 내려오는 사업이나 후대 사람이 그 사업을 계승 발전시킨다는 것이다.

유래

'기구상계'는 '기구지업箕裘之業', '기구불추箕裘不墜'라고도 하는데, 본래의 뜻은 부형이나 선조들의 사업을 가리킨다. 이와 관련된 고사는《예기禮記》〈학기學記〉에 나온다.

'훌륭한 대장장이의 아들은 반드시 갖옷 만드는 것을 배우고, 훌륭한 궁사의 아들은 먼저 키를 만드는 것을 배운다.' 즉 대장간 집안의 자식은 부형이 철을 녹여 부드럽게 하여 그릇 만드는 것을 보고, 저절로 짐승 가죽을 모아서 바람을 막을 수 있는 갖옷을 제작하고, 활을 제조하는 집안의 자식은 부형이 뿔을 둥글게 하여 활을 만드는 것을 보고, 버드나무 가지를 구부려 키 만드는 법을 배운다는 뜻이다.

출전《예기》〈학기〉

墨翟之守묵적지수

墨 먹 묵, 성씨 묵 翟 꿩 적, 고을 이름 책 之 어조사 지 守 지킬 수

풀이

묵적의 지킴이라는 뜻으로, 성의 수비가 굳세고 튼튼함을 이르는 말. 또 자기 의견이나 주장을 굳게 지키는 것을 비유함.

유래

송나라의 공수반公輸盤이 초나라를 위해 운제계雲梯械라는 구름사다리를 만들어 송나라를 치려고 했을 때, 전쟁을 반대하던 묵자墨子가 초나라 왕을 만나 공수반의 운제계를 막아보겠다며 청하였다. 그리하여 묵자와 공수반은 서로 공격과 방어에 관련된 전쟁 도구를 만들어서 모의 전쟁을 벌였다.

공수반은 정교한 공격용 무기를 사용하여 아홉 번을 공격했으나 묵자는 보다 효율적인 방어용 기계를 만들어 공수반 공격을 모두 막아냈다고 한다. 결국 초나라는 송나라와 전쟁을 그만두게 되었는데, 이는 모두가 묵자의 기술 덕택이었다.

출전 《묵자》 〈공수반〉

伯樂一顧 백락일고

伯 맏 백 樂 즐거울 락 一 한 일 顧 돌아볼 고

풀이

백락이 한 번 돌아다본다는 뜻으로, 진가를 알아주는 사람이 있어야 능력을 발휘할 수 있음을 이르는 말.

유래

백락은 중국 춘추 시대의 유명한 말 감정가로서 아무리 뛰어난 명마도 백락을 만나지 못하면 그 진가가 알려지지 않는다고 할 정도였다. 하루는 어떤 자가 말을 시장에 내놓았으나 쉽게 팔리지 않자 백락에게 제발 한 번만 보아달라고 부탁했다. 이에 백락은 시장에 가서 말 주위를 여러 차례 돌면서 다리, 허리, 엉덩이, 목덜미, 털의 색깔 등을 감탄하는 눈길로 그냥 쳐다보고 지나갔다.

그러자 세인들은 그 말이 명마인 줄 알고 서로 사고 싶다고 하여 말의 값이 갑자기 열 배나 뛰었다고 한다. 이 때문에 대문장가이며 당송 팔대가로 유명한 한유는 잡설이란 글에서 '세상에는 백락이 있은 후에 천리마가 있는 법이니, 천리마는 항상 있으나 백락은 항상 있는 것이 아니다. ……슬프도다. 지금 세상에는 천리마가 없는 것인가, 아니면 이를 알아보는 사람이 없는 것인가?' 라고 탄식하기도 했다.

출전 한유의 《잡설雜說》

不龜手藥불균수약

不 아니 불 龜 터질 균, 거북 귀, 거북 구 手 손 수 藥 약 약

풀이

손을 트지 않게 하는 약이란 뜻으로 어떤 기술과 재능도 쓰는 용도에 따라 그 가치가 달라질 수 있다는 것을 비유함.

유래

어느 날 혜자가 장자를 찾아가서 말했다.

"위왕이 큰 박씨를 주길래 그것을 심었더니 자라서 5석이 들어갈 정도의 열매가 열렸소. 물을 담자니 무거워 들 수가 없고, 둘로 쪼개서 바가지로 쓰자니 납작하고 얇아서 아무것도 담을 수가 없었소. 확실히 크기는 컸지만 아무 쓸모가 없어 부숴버렸지요."

이에 장자가 말했다.

"선생은 큰 것을 쓰는 방법이 매우 서툴군요. 내가 한 가지 전해오는 이야기를 들려주겠소. 예전에 송나라에 손 안 트는 약을 잘 만드는 사람이 있었소. 그는 대대로 솜을 물에 빠는 일을 가업으로 삼아왔소. 한 나그네가 그 소문을 듣고 약 만드는 방법을 백 냥으로 사겠다고 하자 친척을 모아 의논하기를,

'우리는 솜 빠는 일을 대대로 해오고 있지만 수입은 불과 몇 푼 안 된다. 이 기술을 팔면 단번에 백 냥이 들어오니 팔도록 하자.'

이렇게 하여 금 백 냥에 약 만드는 법을 알게 된 나그네는 그 길로 오나라 왕을 찾아갔소. 그리고 겨울철에 월나라와 싸우는 데에 이 약을 쓰도록 설득했지요. 이 약을 바른 오나라 군사들은 손이 트지 않고 동상에 걸리지 않아 싸움하는 데에 지장이 없었소. 하지만 월나라 군사들은 그렇지 않았지요. 그래서 오나라는 크게 승리했고, 전쟁이 끝난 뒤 오나라 왕은 기뻐서 그 사람에게 높은 벼슬에다 많은 땅까지 주었소. 손을 트지 않게 하기는 마찬가지이나 한쪽은 영주가 되고, 다른 한쪽은 솜 빠는 일에서 벗어나지 못했소. 그것은 사용 방법이 다르기 때문이오."

출전 《장자》

小兒辯日 소아변일

小 작을 소 兒 아이 아 辯 말 잘할 변 日 해 일

풀이

'어린아이들이 해에 대하여 말다툼한다.' 는 뜻으로, 해의 크기에 관해 서로 다른 의견으로 다툼을 벌이면서 따져보지만 뚜렷이 해결할 방법이 없는 경우를 말한다.

유래

유교의 창시자인 공자가 길을 가는데 어린아이 두 명이 말다툼을 하고 있었다. 공자는 아이들에게 왜 서로 싸우고 있는지 묻자, 한 아이가 말하였다.

"해는 아침에 수레바퀴와 같이 크고 낮에는 쟁반같이 보이기 때문에 아침에 떠오를 때는 해가 가까이 있고 낮에는 먼 곳에 있습니다. 가까우면 커 보이지 않습니까?"

또 다른 아이가 말하였다.

"해가 떠오르는 아침은 시원하고 낮에는 더운 것은, 아침에는 해가 멀리 있어서 시원하고 낮에는 가까이 있어서 덥지 않습니까?"

두 어린아이의 의견을 듣고 나서 공자는 누구의 생각이 맞는지 바로 결론을 내리지 못하고 고민하였다고 한다. 그러자 두 아이가 비웃으면서 말했다.

"누가 당신 같은 사람을 보고 지혜가 많다고 했습니까?"

이 이야기는 아무리 훌륭한 철학자도 과학에 관한 지식이 부족하면 자연의 이치를 파악하기 어렵다는 일례라고 할 수 있다.

출전 《열자列子》의 〈탕문湯問〉

實事求是 실사구시

實 열매 실, 이를 지 事 일 사 求 구할 구 是 이 시, 옳을 시

풀이

사실에 입각하여 진리를 탐구하려는 태도.

유래

한나라 하간헌왕이 스스로 '학문을 닦아 옛것을 좋아하며 일을 참되게 해서 옳은 것을 찾는다.[修學好古實事求是]' 라고 한데서 비롯되었다. 즉 '실사구시' 란 눈으로 보고 귀로 듣고 손으로 만져보는 것과 같은 실험과 연구를 거쳐 아무도 부정할 수 없는 객관적 사실을 통하여 정확한 판단과 해답을 얻고자 하는 것이다.

송나라 때 명리학明理學이 흥성하여 공리공론空理空論으로 치우치는 경향이 있었다. 이 때문에 청나라 초기에 고증학을 표방하는 황종희 · 고염무 등의 학자들이 마침내 실학實學이라는 학파를 만들게 되었다.

우리나라에는 실학사상이 조선 중기에 들어와 경세치용학파와 이용후생학파로 발전하여 유형원 · 이익 · 이수광 · 정약용 · 박지원 김정희 등 많은 실학자를 배출시켰으며 이들은 당시 지배계급의 형이상학적인 공론을 배격하고 이 땅에 실학문화를 꽃피우게 하였다.

출전 《후한서》 〈하간헌왕덕전河間獻王德傳〉

宥坐之器유좌지기

宥 용서할 유 坐 앉을 좌 之 어조사 지 器 그릇 기

풀이

과음을 경계하기 위해 술잔에 일정 부분 이상 술이 차오르면 저절로 새어나가도록 만든 신비스런 잔으로 '절주배節酒杯' 혹은 '계영배戒盈杯' 라고도 불린다.

유래

고대 중국의 춘추 시대의 춘추오패春秋五覇 중 하나인 제환공이 군주의 올바른 처신을 위해 인간의 끝없는 욕망을 경계하며 늘 곁에 놓아 마음을 가지런히 했던 그릇이라 하여 유좌지기宥坐之器라 불리었다.

《순자》에서는 공자가 제환공의 사당을 찾았을 때, 그릇에 구멍이 뚫려져 있음에도 술이 새지 않다가 어느 정도 이상 채웠을 때 술이 새는 것을 보고 제자들에게 총명하면서도 어리석음을 지키고, 천하에 공을 세우고도 겸양하며, 용맹을 떨치고도 검약하며, 부유하면서도 겸손함을 지켜야 한다며 이 그릇의 의미를 가르쳤다고 한다. 이러한 술잔은 중국의 여러 박물관에서 살펴볼 수 있다.

우리나라에서는 조선 후기 실학자이자 과학자인 하백원河百源(1781~1845)이 술을 가득 채우면 저절로 새어나가는 잔을 만들었다고 전해지며, 비슷한 시기에 도공 우명옥이 계영배를 만들었다고 강원도 홍천 지방의 전설로 내려오고 있다.

우명옥은 당시 설백자기雪白磁器를 만들어 명성을 얻은 인물로, 후에 자신의 방탕한 삶을 뉘우치면서 계영배를 만들었다고 하며 이 잔은 후에 조선 후기의 거상巨商 임상옥林尙沃(1779~1855)에게 전해졌다. 임상옥은 이 잔을 늘 곁에 두고 인간의 과욕을 경계하면서 조선 역사상 전무후무한 거상으로 거듭났다고 한다.

출전 《공자가어孔子家語》, 《순자》, 《규남문집》

더 살펴보기

駕輕就熟가경취숙

駕 멍에 가 輕 가벼울 경 就 나아갈 취 熟 익을 숙

경쾌한 수레를 타고 낯익은 길을 달림, 일에 충분히 숙련되어 있음을 일컫는 말.

擧一三反거일삼반

擧 들 거 一 한 일 三 석 삼 反 되돌릴 반

하나를 들면 세 개를 반응한다는 뜻으로, 즉 하나를 알면 열을 헤아려 알 수 있다는 것을 이르는 말.

空中樓閣공중누각

空 빌 공 中 가운데 중 樓 다락 누(루) 閣 문설주 각

공중에 누각을 짓는 것처럼 근거나 토대가 없는 사물을 이르는 말. 모래 위에 짓는 누각이라는 '사상누각砂上樓閣'과 상통함.

大巧若拙대교약졸

大 클 대, 클 태 巧 공교할 교 若 같을 약, 반야 야 拙 옹졸할 졸

훌륭한 기교는 도리어 졸렬한 듯함, 훌륭한 재주를 가진 사람은 그 재주를 자랑하지 않으므로 언뜻 보기엔 서투른 것 같다는 뜻.

登堂入室등당입실

登 오를 등 堂 사랑방 당 入 들 입 室 집 실, 안방 실

학문이나 기예 따위가 점차 높은 수준에 도달함, 기술이 능통함. 당堂은 사람을 맞이하는 사랑방, 실室은 타인에게 보이지 않는 안방이다. '당에 오른다.'는 학문이나 기예가 상당한 기술에 달하는 것, '실에 들다.'는 이 기술에 능통하다는 뜻으로 사용된다.

班門弄斧반문농부

班 나눌 반 門 문 문 弄 희롱할 농(롱) 斧 도끼 부

춘추 시대 노나라의 이름난 장인 노반魯班의 집 앞에서 그를 흉내 내어 도끼 솜씨를 자랑하는 어리석은 사람이 있었다는 고사에서 유래한 것으로, 자기의 실력을 생각지 않고 덤비는 것을 말함.

百煉成鋼백련성강

百 일백 백 煉 불릴 련(연) 成 이룰 성 鋼 강철 강

보통 쇠가 숱한 풀무질을 통해 강철이 된다는 뜻으로, 수없는 단련을 통해 강해짐을 이르는 말.

水到渠成수도거성

水 물 수 到 이를 도 渠 개천 거 成 이룰 성

물이 흐르면 자연히 개천을 이룬다는 뜻으로, 어떤 일이나 학문을 열심히 하면 스스로 한 방면의 도를 깨닫게 됨을 이르는 말.

以管窺天이관규천

以 써 이 管 대롱 관, 주관할 관 窺 엿볼 규 天 하늘 천

대롱을 통해 하늘을 본다는 뜻으로, 우물 안 개구리를 이르는 말.

天衣無縫천의무봉

天 하늘 천 衣 옷 의 無 없을 무 縫 꿰맬 봉

하늘의 선녀 옷은 꿰맨 자국이 없다는 뜻으로, 어떤 일이나 시문詩文 등이 완벽하거나 꾸밈없이 자연스럽게 잘된 것을 비유함.

抱甕灌畦포옹관휴

抱 안을 포 甕 항아리 옹 灌 물댈 관 畦 밭두둑 휴

'항아리를 안고 밭에 물을 주다.'라는 뜻으로, 뒤떨어진 생각이나 방법을 개량하려고 하지 않는 태도 또는 우둔하고 졸렬한 방법을 비유함.

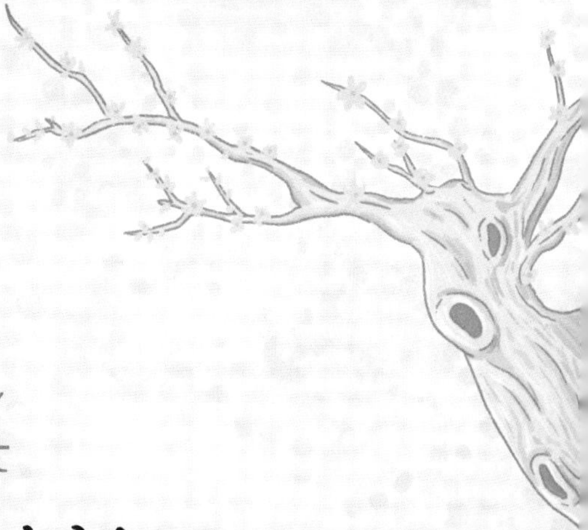

14

지혜로운 사람은 산과 물을 좋아한다

[계절과 자연]

望洋之歎망양지탄

望 바랄 망, 보름 망 洋 큰 바다 양 之 어조사 지 歎 탄식할 탄

풀이

넓은 바다를 보고 탄식한다는 뜻으로, 다른 세계의 원대함에 감탄하고 자신의 부족함을 부끄러워함의 비유. 제 힘이 미치지 못할 때 저절로 나오는 탄식.

유래

태고 때, 중국 황하 중류의 맹진에는 하백河伯이라는 신이 있었다. 어느 날 그는 금빛 찬란히 빛나는 강물을 보고 감탄하여 말했다.

"세상에 이런 큰 강은 또 없을 거야."

그런데 누군가가 그렇지 않다고 말하기에 뒤를 돌아보니 늙은 자라 한 마리가 있었다. 그가 자라에게 황하보다 더 큰 물이 있느냐고 묻자, 자라가 대답했다.

"그렇습니다. 제가 듣기로는 해 뜨는 쪽에 북해北海가 있는데, 이 세상의 모든 강이 사시사철 그곳으로 흘러들기 때문에 그 넓이는 실로 황하의 몇 갑절이나 된다고 합니다."

"그런 큰 강이 있을까? 어쨌든 내 눈으로 보기 전엔 못 믿겠네."

황하 중류의 맹진을 떠나본 적이 없는 하백은 늙은 자라의 말을 믿으려 하지 않았다. 이윽고 가을이 오자 황하는 연일 쏟아지는

비로 몇 갑절이나 넓어졌다. 그것을 바라보고 있던 하백은 문득 지난날 늙은 자라가 한 말이 생각났다. 그래서 그는 이 기회에 강 하류로 내려가 북해를 한 번 보기로 했다.

하백이 북해에 이르자 그곳을 관장하는 북해의 신인 약若이 반갑게 맞아주었다.

"잘 왔소, 진심으로 환영하오."

북해의 해신이 손을 들어 허공을 가르자 파도는 가라앉고 눈앞에 망망대해가 펼쳐졌다.

"세상에는 황하 말고도 이처럼 큰 강이 있었단 말인가……."

하백은 이제까지 세상모르고 살아온 자신이 심히 부끄러웠다.

"나는 북해가 크다는 말을 듣고도 이제까지 믿지 않았습니다. 지금 여기서 보지 않았더라면 나는 나의 짧은 소견을 깨닫지 못했을 것입니다."

북해의 신은 웃으며 말했다.

"당신이 우물 안 개구리처럼 큰 바다를 몰랐다면 그대는 식견이 낮은 신으로 끝나버려 사물의 도리도 모를 뻔했소. 그러나 이제 그대는 거기서 벗어난 것이오."

출전 《장자》 〈추수秋水〉

梅妻鶴子 매처학자

梅 매화 매 妻 아내 처 鶴 학 학, 휠 학 子 아들 자

풀이

매화를 아내로 삼고 학을 자식으로 삼는다는 뜻으로, 은자의 풍류생활을 두고 이르는 말.

유래

중국 송나라 때 임포林浦라는 사람이 있었다. 그는 평생을 홀아비로 살면서 세속의 영리를 버리고 고적한 가운데 유유자적하며 사는 시인이었다. 그가 은둔생활을 한 곳은 서호西湖 근처의 고산孤山이란 곳으로 이곳에서 초막을 짓고 20년 동안 바깥 출입을 하지 않은 채 살았다.

그의 유일한 낙은 집 앞의 서호에 나가 조각배를 띄우고, 간혹 절을 찾아 유한한 정취를 즐겼는데, 처자식이 없는 대신 자신이 머물고 있는 초당 주위에 수많은 매화나무를 심어놓고 학을 기르며 살았다. 그래서 그의 시는 그윽하고 정적이며 맑고 고결한 것으로 정평이 났는데, 시로써 이름이 나는 것을 싫어하여 많은 시를 버리고, 후세에 전해질 것이 두려워 시를 읊되 기록하지 않기도 하였다.

그러나 지금까지 전해지고 있는 시 몇 편이 있는데, 그중 〈산원

소매山園小梅〉에서 '얕고도 맑은 물에 비친 가로 비낀 성긴 그림자, 어슴푸레한 달빛 속에 그윽한 향기 떠도누나.[疏影橫斜水淸淺, 暗香浮動月黃昏]' 라는 시구는 천고의 절창絕唱으로 일컬어지고 있으며, 그가 평소 매화를 얼마나 사랑했는지 알 수 있다.

또 그가 서호에 노닐 때 손님이 찾아오면 학이 날아와서 알려주었다고 한다. 그래서 사람들은 임포를 두고, '매화 아내에 학 아들을 가지고 있다.[梅妻鶴子]' 고 하였다. 그 후 사람들은 풍류를 즐기며 초야에서 조용하고 한가롭게 사는 사람을 가리켜 '매처학자' 라 부르게 되었다.

출전 완열阮閱의《시화총귀詩話總龜》

泉石膏肓 천석고황

泉 샘 천 石 돌 석 膏 기름 고 肓 명치끝 황

풀이

샘과 돌이 고황에 들었다는 뜻으로, 고질병이 되다시피 산수山水 풍경을 좋아함을 일컫는 말.

유래

중국 당나라 때, 전유암이란 사람은 태학생太學生이었다가 후에 어머니와 아내를 데리고 태백산으로 들어가 은거하였다. 조정에서 여러 번 벼슬을 주려고 불렀으나 사양하고 기산箕山으로 들어가서 전설적인 은자로 알려진 허유를 흠모하여 그의 무덤 옆에 살면서 스스로 '허유동린許由東隣' 이라고 부르고 자유롭게 살았다.

그의 고결한 명성을 듣고 당나라 고종이 친히 그를 방문하니, 전유암은 야인野人의 복장으로 배알하는데 행동이 근엄하였다. 황제가 그를 보고 말했다.

"선생은 근래 편안합니까?"

이에 전유암이 대답하였다.

"신은 산수를 사랑함이 너무 지나쳐 고질병이 되었습니다.[泉石膏肓, 煙霞痼疾] 다행히 태평성대를 만나 소요하고 있습니다."

출전 《구당서舊唐書》〈은일전隱逸傳〉

淸風明月 청풍명월

淸 맑을 청 風 바람 풍 明 밝을 명 月 달 월

풀이

맑은 바람과 밝은 달이라는 뜻으로, 자연의 아름다움을 형용하며 조용하고 한적하게 산수 자연을 즐기는 사람을 비유함.

유래

진晉나라에서 원외상서랑을 지냈던 사혜는 함부로 사람을 사귀지 않아서 잡스런 손님이 그 집 문을 드나들지 않았다. 가끔 혼자 술을 마시고는 '내 방을 자유로이 드나드는 건 맑은 바람[淸風]이요 나와 대작하는 이는 밝은 달[明月]뿐이다.' 하여 세간에 널리 알려졌다.

남북조 시절의 양나라에 문학비평가로 유명했던 유협도 《문심조룡文心雕龍》 〈물색物色〉에서, 사람의 감정도 계절과 풍물에 따라 변해진다면서 청풍명월을 다음과 같이 인용하고 있다.

'계절 따라 각각의 풍물이 있고, 풍물 따라 또 갖가지 모습이 드러난다. 그렇게 감정도 풍물 따라 변해가고, 언어는 감정의 흐름에 따라 표현된다. 하나의 낙엽도 마음속에 암시를 주고, 벌레 소리도 마음을 끌어내기에 충분하다. 하물며 청풍과 명월이 같이 있는 밤, 빛나는 태양과 봄날의 숲이 함께 있는 아침이랴…….'

당나라의 시인 이백도 〈양양가襄陽歌〉에서 '청풍명월 한 푼도 돈 들여 살 필요 없고, 옥산玉山은 사람이 밀지 않아도 저절로 거꾸러진다네.' 라고 하였으며, 소식도 〈적벽부〉에서 '무릇 천지간에 물건은 각기 주인이 있어서 나의 소유가 아니라면 조금이라도 취하면 안 된다. 오직 저 강 위의 맑은 바람과 산간의 밝은 달은 귀로 들으면 소리가 되고 눈으로 보면 빛이 된다. 내가 가져도 금할 자가 없고 쓰자 해도 다할 날이 없으니, 이것이야말로 조물주가 만든 무진장이라고 할 수 있다.' 라고 하였다.

위의 이백과 소식이 쓴 시에 대해 조선의 문인인 허균은 다음과 같이 평론했다.

'대저 바람과 달은 돈을 들여 사지 않을 뿐더러, 그것을 가져도 누가 금할 이가 없는 것이니, 이백과 소식이의 말은 진실이다. 그러나 맑은 바람과 밝은 달을 즐길 줄 아는 사람은 세상에 몇 사람 되지 않고 맑은 바람과 밝은 달은 1년 동안에 또한 몇 날도 되지 않는다. 가령 어떤 사람이 이 즐거움을 안다 할지라도, 혹은 세속일에 골몰하여 정신을 빼앗기거나 혹은 장애로 인하여 비록 그를 즐기려 해도 즐기지 못하는 자가 있다. 그렇다면 일없이 한가하게 있으면서 이미 돈을 들여서 사는 것도 아니요 게다가 그를 가져 보았자 누가 갖지 못하게 금할 이도 없는 이 청풍명월을 만나가지고도 즐길 줄을 모른다면 이는 자기 스스로 장애를 만들어낸 것이다.'

출전 《남사南史》 〈사혜전〉, 《이태백시집》, 《소식시집》, 《한정록》

行雲流水 행운유수

行 다닐 행, 항렬 항 雲 구름 운, 이를 운 流 흐를 유(류) 水 물 수

풀이

하늘에 떠도는 구름과 흐르는 물이라는 뜻으로, 행동이나 마음씨가 자연스럽고 거침없으며 어떤 일처리나 시문詩文 등을 창작하는데, 막힘이 없이 잘 풀리는 것을 비유해 이르는 말. 또는 일정한 거처 없이 떠도는 생활이나 늘 변화하는 현상을 이르는 말.

유래

송나라의 대문인 소식이 친구 사민사謝民師의 작품을 보고 답하는 편지에서 '그대의 글은 구름이 떠가고 물이 흘러가듯[行雲流水] 처음부터 정해진 바탕이 없다. 그러나 언제고 가야할 곳으로 가고 멈추지 않아서는 안 될 곳에 가서는 멈춘다.' 고 칭송한데서 비롯되었다. 이는 소식 자신의 창작 기풍과도 같은 것이었다. 그가 일찍이 토로하기를,

"나는 글 짓는 것을 마치 행운유수와 같이하여…… 비록 즐기며 웃고 성내어 욕하는 말이라도 모두 써서 읽을 수 있다."

그리고 떠도는 구름과 흐르는 물처럼 여러 곳을 정처 없이 돌아다니며 수행하는 스님을 '운수행각승雲水行脚僧' 이라 부른 것도 '행운유수行雲流水' 에서 유래된 것이다. 고려 말의 문신인 목은

이색은 〈적암기寂菴記〉에서 행각승에 대해 다음과 같이 기술했다.

'고승 경원景元이 흥왕사興王寺에 머물고 있다가, 얼마 지나지 않아서 세상의 그물을 끊어버리고는 초연히 행운유수行雲流水의 생활을 하면서, 누더기 옷과 나물밥으로 장차 몸을 마치려고 하였다.'

출전 《송사宋史》, 《목은문고》

더 살펴보기

乾坤一色건곤일색

乾 하늘 건, 마를 건 坤 땅 곤 一 한 일 色 빛 색

눈이 내린 뒤에 온 세상이 한 가지 빛깔로 뒤덮인 듯함.

耕山釣水경산조수

耕 밭갈 경 山 뫼 산 釣 낚시 조 水 물 수

산에서 밭을 갈고 물에서 고기를 낚음이니 속세를 떠나 산중에서 농사짓고 사는 것을 말함.

孤雲野鶴고운야학

孤 외로울 고 雲 구름 운, 이를 운 野 들 야, 변두리 여, 농막 서
鶴 학 학, 흴 학

외로운 구름이요 들의 학이라는 뜻으로, 속세를 떠난 은사隱士를 가리키는 말.

萬頃蒼波만경창파

萬 일만 만 頃 밭 넓이 단위 경 蒼 푸를 창 波 물결 파

만 이랑의 푸른 물결이라는 뜻으로, 한없이 넓고 푸른 바다.

武陵桃源무릉도원

武 호반 무 陵 언덕 릉(능) 桃 복숭아 도 源 근원 원

이 세상이 아닌 별천지나 이상향을 이르는 말.

森羅萬象삼라만상

森 수풀 삼 羅 벌일 라(나), 그물 라(나) 萬 일만 만 象 코끼리 상

우주 안에 있는 온갖 사물과 현상을 일컫는 말.

三寒四溫삼한사온

三 석 삼 寒 찰 한 四 넉 사 溫 따뜻할 온

겨울철에 사흘 춥고 나흘 따뜻하다는 뜻.

騷人墨客소인묵객

騷 떠들 소 人 사람 인 墨 먹 묵, 교활할 미 客 손 객

시문 · 서화를 일삼는 사람이란 뜻으로, 문사文士, 시인과 서예가, 화가 등 풍류를 즐기는 사람.

鳶飛魚躍연비어약

鳶 솔개 연 飛 날 비 魚 물고기 어 躍 뛸 약

솔개가 날고 물고기가 뛴다는 뜻으로, 만물이 저마다의 법칙에 따라 자연스럽게 살아가면 전체적으로 천지의 조화를 이루게 되며 이것이 자연의 오묘한 도道임을 말함.

樂山樂水요산요수

樂 좋아할 요, 즐길 락 山 뫼 산 樂 좋아할 요, 즐길 락 水 물 수

산을 좋아하고 물을 좋아한다는 뜻으로, 산수 경치를 좋아함을 이르는 말.

柳暗花明유암화명

柳 버들 유(류) 暗 어두울 암 花 꽃 화 明 밝을 명

버들은 무성하여 그윽이 어둡고 꽃은 활짝 피어 밝고 아름답다는 뜻으로, 강촌의 봄 경치를 이르는 말.

悠悠自適유유자적

悠 멀 유 悠 멀 유 自 스스로 자 適 맞을 적

여유가 있어 한가롭고 걱정이 없는 모양이라는 뜻으로, 속세에 속박됨이 없이 자기가 하고 싶은 대로 마음 편히 지냄을 이르는 말.

一葉知秋일엽지추

一 한 일 葉 잎 엽, 땅 이름 섭, 책 접 知 알 지 秋 가을 추

나뭇잎 하나가 떨어짐을 보고 가을이 옴을 안다는 뜻으로, 한 가지 일을 보고 장차 오게 될 일을 미리 짐작함.

一衣帶水일의대수

一 한 일 衣 옷 의 帶 띠 대 水 물 수

옷의 띠와 같은 물이라는 뜻으로, 좁은 강, 해협, 또는 그와 같은 강을 사이에 두고 가까이 접해 있음을 이르는 말. 겨우 냇물 하나를 사이에 둔 가까운 이웃.

漸入佳境점입가경

漸 점점 점, 적실 점 入 들 입 佳 아름다울 가 境 지경 경

가면 갈수록 경치가 아름다워진다는 뜻으로, 일이 점점 더 재미있는 지경으로 돌아가는 것을 비유하는 말로 쓰임.

走馬看山주마간산

走 달릴 주 馬 말 마 看 볼 간 山 뫼 산

말을 타고 달리면서 산을 바라본다는 뜻으로, 바빠서 자세히 살펴보지 않고 대강 보고 지나감을 이름.

天高馬肥천고마비

天 하늘 천 高 높을 고 馬 말 마 肥 살찔 비

하늘이 높고 말이 살찐다는 뜻으로, 오곡백과가 무르익는 가을이 썩 좋은 절기임을 일컫는 말. 가을이 좋은 계절임을 나타낼 때 흔히 쓰는 말이나 원래는 옛날 중국에서 흉노족의 침입을 경계하고자 나온 말임.

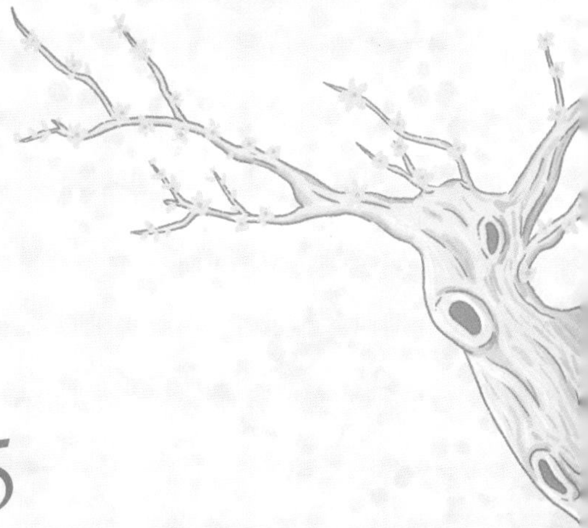

15

세월은 사람을 기다려주지 않는다

[세월과 역사 · 나이]

曠日彌久 광일미구

曠 밝을 광 日 해 일 彌 두루 미 久 오랠 구

풀이

세월을 헛되이 오랫동안 보낸다는 뜻으로, 긴 세월을 보내고 나니 헛되이 세월만 지났다는 말. '광일지구曠日持久' 라고도 함.

유래

중국 전국 시대 말엽, 조나라 혜문왕 때의 일이다. 연나라의 공격을 받은 혜문왕은 제나라에 사신을 보내어 3개 성읍城邑을 할양한다는 조건으로 명장 전단田單의 파견을 요청했다. 전단은 일찍이 연나라의 침략군을 쇠뿔에 칼을 잡아매고 꼬리에는 기름을 뿌린 갈대 다발을 매달아 불을 붙인 후, 그 소떼를 적진으로 내모는 전법인 '화우지계火牛之計' 로 격파한 명장인데, 조나라의 요청에 따라 총사령관이 되었다. 그러자 조나라의 명장 조사趙奢는 재상 평원군平原君에게 항의하고 나섰다.

"아니, 조나라엔 사람이 없단 말입니까? 제게 맡겨주신다면 당장 적을 격파해 보이겠습니다."

평원군은 안 된다고 말했다. 그러자 조사는 물러서지 않았다.

"제나라와 연나라는 원수 간이긴 합니다만 전단은 타국인 조나라를 위해 싸우지 않을 것입니다. 강대한 조나라는 제나라의 패업

霸業에 방해가 되기 때문이죠. 그래서 전단은 조나라 군사를 장악한 채 '오랫동안 쓸데없이 세월만 보낼 것입니다.[曠日彌久]' 두 나라가 병력을 소모하여 피폐해지기를 기다리면서……."

평원군은 조사의 의견을 묵살한 채 미리 정한 방침대로 전단에게 조나라 군사를 맡겨 연나라 침공군과 대적케 했다. 결과는 조사가 예언한 대로 두 나라는 장기전에서 병력만 소모하고 말았다.

출전 《전국책戰國策》 〈조책趙策〉

覆車之戒복거지계

覆 다시 복, 덮을 부 車 수레 거, 수레 차 之 어조사 지 戒 경계할 계

풀이

앞의 수레가 뒤집히는 것을 보고 뒤의 수레는 미리 경계한다는 뜻으로, 남의 실패를 거울삼아서 자기를 경계함을 이르는 말.

유래

중국 전한前漢 때 효문제孝文帝는 제후 출신으로 천자에 올랐는데, 가의賈誼, 진평陳平, 주발周勃 등의 어진 신하들이 보좌했다. 하루는 가의가 진언을 올렸다.

"세속에서 '앞 수레의 엎어진 바퀴 자국은 뒤에 오는 수레의 거울'이라는 말이 있습니다. 중국 고대의 왕조였던 하夏, 은殷, 주周 삼대는 모두 잘 다스려진 나라입니다. 이를 본받지 못하는 나라는 오래 지탱할 수 없습니다. 진秦나라의 멸망을 우리는 눈앞에서 보았습니다. 이를 경계해야 합니다. 국가 흥망의 대도가 여기에 있습니다."

이에 효문제는 가의의 말을 따라 국정을 쇄신하여 어진 정치를 베풀어, 백성들을 충분히 쉬게 하고 농업을 장려하여 마침내 태평성대와 부국강병을 이루게 되었다.

출전 《진서晉書》 〈유순전庾純傳〉

肥肉之歎 비육지탄

肥 넓적다리 비 肉 고기 육, 둘레 유 之 갈 지, 어조사 지 歎 탄식할 탄

풀이

넓적다리에 살이 붙음을 탄식한다는 뜻으로, 영웅이 뜻을 펴지 못하고 성공할 기회를 잃고 공연히 허송세월함을 탄식하는 말.

유래

중국 삼국 시대에 유비는 황건적의 난을 평정하고, 조조와 협력하여 여포를 하비에서 격파하고 그 후 헌제에게 부름을 받아 좌장군에 임명되었으나 조조의 휘하에서 눈치를 보는 것이 싫어서 형주에 사는 유표에게 가 의지했다.

어느 날 유표에게 초대받았을 때 화장실에 갔다가 넓적다리에 살이 많이 붙은 것을 보고 깜짝 놀라 자신도 모르게 눈물을 흘렸다. 이때 유표가 그의 눈물을 보고 까닭을 묻자, 유비는 이렇게 탄식했다고 한다.

"항상 몸이 안장에서 떨어지지 않아 넓적다리에 살이 모두 없었는데 지금은 다시 말을 탈 수 없으니 넓적다리 속으로 살이 생기고 세월은 흐르는 물과 같아서 늙음이 이르는데도 공업을 세우지 못하였으니 이것이 슬플 뿐입니다."

출전 《삼국지三國志》 〈촉지蜀志〉

流芳百世유방백세

流 흐를 유(류) 芳 꽃다울 방 百 일백 백, 힘쓸 맥 世 인간 세, 대 세

풀이

향기가 백대에 걸쳐 흐른다는 뜻으로, 꽃다운 이름과 공적이 후세에 길이 전함.

유래

삼국 시대 위나라 문제는 자신을 지지한 곽씨를 황후로 추대하려고 했다. 이에 반대한 중랑 잔잠이 상소문을 올렸는데, 그중에서 '……요임금의 두 딸로서 아황과 아영은 순임금에게 시집가서, 모두 현명함으로써 상고 시대에 향기로운 명성을 떨쳤습니다.[流芳上世]……' 라는 문구에서 비롯되었다고 한다.

그러나 여기에서 인용된 '유방상세' 는 상고 시대에 향기로운 명성을 떨친 것이고, '유방백세流芳百世' 는 향기로운 명성을 후세에 길이 남긴 것을 말한다.

이와 반대로 '유취만년流臭萬年' 이라는 성어는 악명을 후세에 남기는 것을 말하는데, 진晉나라 때 환온이 역심을 품고 말하기를 '기왕 후세에 훌륭한 명성을 남기지 못할진댄, 만세 뒤에까지 악명도 남기지 못하겠느냐.[旣不能流芳後世 亦不足復遺臭萬載耶]' 라고 한 데서 온 말이다. 출전 《삼국지》 〈위서〉, 《진서晉書》 〈환온전桓溫傳〉

殷鑑不遠 은감불원

殷 성할 은, 은나라 은 鑑 거울 감 不 아닐 불, 아닐 부 遠 멀 원

풀이

은나라 왕이 거울로 삼을 만한 것은 먼 데 있지 않다는 뜻으로, 본받을 만한 좋은 전례는 가까운 곳에 있다는 말.

유래

중국 최초의 왕조였던 하나라 말기에 걸왕은 지혜와 용기를 겸비한 왕자였다. 그러다가 유시씨의 나라를 정벌했을 때에 공물로 보내 온 매희라는 여인에 빠진 나머지 온갖 사치와 음락淫樂을 계속하는 바람에 국력은 피폐하고 백성들의 원망이 높아졌다.

이러한 걸왕의 죄를 보다 못한 은나라의 탕왕이 천명이라 하고 중국 역사상 최초의 역성혁명을 일으켜 은나라를 세웠다. 그 후 은나라는 약 600년 뒤에 주왕에 이르러 망하였다. 주왕도 출중한 지혜와 무용을 지녔으나, 유소씨의 나라를 정벌했을 때에 공물로 보내온 달기라는 여인에 빠져 주지육림 속에서 세월을 보냈다. 보다 못한 신하가 이를 간하기라도 하면 도리어 엄벌에 처하였다.

삼공三公 중 뒷날 주나라의 문왕이 되는 서백西伯이 간하다가 갇혔는데, 그는 《시경詩經》의 〈탕시蕩詩〉에 나오는 다음과 같은 시구를 인용하여 간하였다.

'은나라의 왕이 거울삼을 만한 것은 먼 데 있지 않고, 하나라 걸왕 때에 있다.'

그러나 음락에 빠져 헤어 나오지 못하던 주왕은 주나라 무왕에게 멸망당하고 말았다.

또 《맹자》에는 이렇게 말했다.

"규規와 구矩는 방형方形과 원형圓形의 지극함이요, 성인聖人은 인륜의 지극함이다. 군주가 되고자 하면 군주의 도리를 다할 것이요, 신하가 되고자 하면 신하의 도리를 다해야 하니, 두 가지 모두 요임금과 순임금을 본받을 뿐이다. 순임금이 요임금을 섬기던 것으로써 군주를 섬기지 않는다면, 그 군주에게 불경하는 자요, 요임금이 백성을 다스리던 것으로써 백성을 다스리지 않는다면, 그 백성을 해치는 자이다. 때문에 공자께서 이렇게 말씀하셨다. '길은 둘이니, 인仁과 불인不仁일 뿐이다.' 백성을 포악하게 다스리면 몸이 시해당하고 나라가 망하며, 심하지 않으면 몸이 위태롭고 국토가 줄어든다. 그리하여 유幽 · 여라 이름하면, 비록 효자 · 자손이 있더라도 백세토록 고칠 수 없다. 《시경》에 이르기를 '은나라의 거울이 멀리 있지 않아, 하나라 후대의 세대에 달려 있다.' 하였으니 이것을 말한 것이다."

이 성어는 사람들에게 결코 역사의 교훈을 잊지 말라는 충고가 담겨져 있다.

출전 《시경》, 《맹자》

一刻千金일각천금

一 한 일 刻 새길 각 千 일천 천 金 쇠 금, 성씨 김

풀이

극히 짧은 시간도 천금에 해당할 만큼 큰 가치가 있다는 뜻으로, 즐거운 때나 중요한 때가 금방 지나감을 아쉬워함을 비유해 이르는 말.

유래

소식蘇軾의 〈춘야春夜〉라는 시에

봄밤 일각의 가치가 천금보다 높아라,[春宵一刻値千金]

꽃엔 맑은 향이 있고 달엔 그림자가 있구려.[花有淸香月有陰]

음악 연주하는 누대엔 소리가 가느다랗고,[歌管樓臺聲細細]

그네 뛰는 정원엔 밤이 깊고 조용하구나.[鞦韆院落夜沈沈]

라고 한 데서 비롯된 말이다. 소식이 읊은 '일각천금'은 후대 시인의 작품에 자주 등장한다. 조선조의 양촌 권근이 아들의 〈춘소대월시春宵對月詩〉의 운을 차하는 시에 다음과 같이 인용했다.

옥도끼로 만들었는지 알 수 없으나,

봄밤의 달빛이 가을보다 밝구려.

내 마음의 즐거움 소동파가 먼저 알고서,

일각一刻이 천금千金이라 시를 읊었네.

또 서거정의 시에서도,

꽃이 피기 전부터 꽃에 푹 빠지고 싶더니,
꽃이 만발하니 기이함을 감당 못 하겠네.
일각一刻이 천금千金 같은 꽃 피고 달 밝은 밤엔
모름지기 비파 타는 미인 시를 읊어야지.

라고 하여 옛 사람들이 시간을 천금처럼 아끼고 또 아쉬워함을 알 수 있다.

출전 소식의 〈춘야시春夜詩〉

日暮途遠 일모도원

日 날 일 暮 저물 모 途 길 도 遠 멀 원

풀이

날은 저물었는데 갈 길은 멀다는 뜻으로, 이미 늙어 앞으로 목적한 것을 쉽게 달성하기 어렵다는 말.

유래

초나라 평왕 때, 오사伍奢는 태자 건建의 태부太傅였고, 비무기費無忌는 소부少傅로 있었으나 성품이 간교하였다. 비무기는 태자를 배신하고 진秦에서 데려온 여자를 평왕에게 권하고 아첨하여 신임을 얻었다.

그 후, 태자의 보복이 두려워 태자를 참소하였다. 여자에게 빠져버린 왕은 비무기의 말만 곧이듣고 왕자를 변방으로 추방하였다. 또 왕은 태자가 반기를 든다는 거짓말을 믿고 이번엔 태부 오사를 꾸짖었는데, 오사는 도리어 왕의 그릇됨을 간하였다. 이 때문에 오사는 유폐되고, 태자는 송나라로 도망하였다.

이번에는 오사의 두 아들의 보복이 두려워진 비무기는 태자의 음모는 그 두 아들이 옆에서 부추긴 탓이라고 참언하였다. 그 때문에 오사의 맏아들은 잡혀 죽고, 둘째아들 오자서伍子胥는 오吳나라로 도망쳤다. 그때부터 오자서는 복수를 다짐하였다.

오왕과 공자 광光을 만난 오자서는 공자가 왕위를 탐하여 자객을 구함을 알고 전제專諸라는 자객을 천거하였다. 이때에 초나라는 평왕이 죽고 비무기가 평왕에 천거한 여자의 소생 진軫이 소왕昭王으로 등극했다.

그 후 내분으로 비무기는 피살되고, 내분을 틈타 초를 치던 오왕은 전제의 칼에 죽었으며, 공자 광이 왕위에 오르니 이가 곧 오왕 합려闔閭이다. 그 후 오자서는 초에 쳐들어가 평왕의 묘를 파헤치고 시체에 300대의 곤장을 가함으로써 원한을 풀었다. 누가 이를 지나치다고 비난하니 '나는 늙었어도 할 일은 많다.[吾日暮途遠, 吾故倒行而逆施之]' 고 답하였다 한다.

출전 《사기史記》

一寸光陰일촌광음

一 한 일 寸 마디 촌 光 빛 광 陰 그늘 음, 침묵할 암

풀이

매우 짧은 시간을 가리키며, 시간의 소중함을 일깨워주는 말이다.

유래

중국 전한前漢 시대, 회남왕淮南王 유안劉安이 그의 빈객賓客들과 함께 지었다는 《회남자淮南子》라는 책에 '성인은 한 자의 벽옥보다 한 치의 광음을 더 소중히 여긴다.[聖人不貴尺之璧而重寸之陰]' 는 말에서 비롯되었다고 한다.

또 당나라 말기의 시인인 왕정백의 〈백록동〉이란 시에서 '독서를 하느라고 봄밤이 깊어가는 줄 몰랐네.' '일촌광음은 일 촌의 금과 같으나, 일 촌의 금으로 일 촌의 시간을 사기 어렵다.' 라는 시구도 세간에 널리 알려져 있다. 특히 주자학을 집대성한 주희朱熹의 〈우성偶成〉이란 시가 유명하다.

소년은 늙기 쉽고 학업은 이루기 어렵나니,[少年易老學難成]
한 치의 시간도 가벼이 여겨서는 안 되리.[一寸光陰不可輕]
못가 봄풀의 꿈을 채 깨기도 전에,[未覺池塘春草夢]
뜰 앞의 오동잎에 벌써 가을 소리가 들리네.[階前梧葉已秋聲]

출전 《회남자》, 주희의 〈우성〉

더 살펴보기

隔世之感격세지감

隔 사이 뜰 격 世 인간 세대 세 之 어조사 지 感 느낄 감

아주 바뀌어 다른 세상 같은 느낌. 또는 다른 세대와 같이 많은 변화가 있었음을 비유하는 말.

隙駒光陰극구광음

隙 틈 극 駒 망아지 구 光 빛 광 陰 응달 음

흘러가는 세월의 빠름은 달려가는 말을 문틈으로 보는 것과 같다는 뜻으로, 인생의 덧없고 짧음을 비유하는 말.

亡子計齒망자계치

亡 망할 망 子 아들 자 計 꾀 계, 헤아릴 계 齒 이 치, 나이 치

죽은 자식 나이 세기, 즉 이미 지나간 쓸데없는 일을 생각하여 애석하게 여긴다는 뜻.

麥秀之嘆맥수지탄

麥 보리 맥 秀 빼어날 수 之 어조사 지 嘆 탄식할 탄

보리 이삭이 무성함을 탄식한다는 뜻으로 곧 고국이 멸망함을 탄식함.

百年河淸백년하청

百 일백 백 年 해 년 河 강 하 淸 맑을 청

황하의 물이 맑기를 무작정 기다린다는 뜻으로, 아무리 바라고 기다려도 소용이 없음을 일컫는 말.

桑田碧海상전벽해

桑 뽕나무 상 田 밭 전 碧 푸를 벽 海 바다 해

뽕나무밭이 푸른 바다가 되었다는 뜻으로, 세상이 몰라볼 정도로 바뀐 것. 세상의 모든 일이 엄청나게 변해버린 것.

送舊迎新송구영신

送 보낼 송 舊 옛 구 迎 맞을 영 新 새 신

묵은해를 보내고 새해를 맞는다는 뜻인데, 구관을 보내고 신관을 맞이하는 것을 비유하기도 함.

日久月深일구월심

日 날 일 久 오랠 구 月 달 월 深 깊을 심

날이 오래고 달이 깊어간다는 뜻으로, 무언가 바라는 마음이 세월이 갈수록 더해짐을 이르는 말.

日月如梭일월여사

日 해 일 月 달 월 如 같을 여, 말 이을 이 梭 북 사, 나무 이름 준

세월 가는 것도 베틀의 북처럼 빠르다는 뜻.

電光石火전광석화

電 번개 전 光 빛 광 石 돌 석 火 불 화

번갯불이나 부싯돌의 불이 번쩍이는 것처럼 아주 짧은 시간이나 신속한 동작, 또는 일이 매우 빠른 것을 가리키는 말.

天長地久천장지구

天 하늘 천 長 길 장, 어른 장 地 땅 지 久 오랠 구

하늘과 땅이 오래도록 변하지 않는다는 뜻으로, 사물이 오래오래 계속됨을 이르는 말.

16

천하를 얻어도 건강을 잃으면 무엇하리

[건강]

膏肓之疾 고황지질

膏 살찔 고 肓 명치끝 황 之 어조사 지 疾 병 질

풀이

병균이 고황, 즉 심장과 횡격막 사이에 침범한 난치병으로 고치기 어렵게 된 버릇을 비유적으로 이르는 말.

유래

중국 춘추 시대 진晉나라의 경공은 즉위하자, 도안고란 사람을 오늘날의 법무장관에 해당하는 사구司寇로 임명했다. 그는 평소 사이가 좋지 않던 명문 조씨 일족을 대역죄로 몰아 죽였다. 십여 년 뒤의 어느 날, 경공의 꿈에 정체불명의 한 귀신이 무서운 얼굴로 나타나서 '나의 자손을 죽였으니 용서할 수 없다. 너를 죽이러 왔다.' 하며 이방 저방으로 쫓아다녔는데, 한참 쫓기다 깨니 꿈이었다.

경공이 점쟁이를 불러 해몽을 시켰더니,

"옛날 진나라에 공훈을 세운 조씨의 조상인 듯합니다."

라고 아뢰고 나서 그 원혼의 저주 때문에 얼마 살지 못하고 죽을 것이라고 예언했다. 이에 놀란 경공은 진秦나라의 명의 고완을 불렀다. 그가 도착하기도 전에 경공은 다시 꿈을 꾸었는데, 병이 두 동자로 변하여 '고완이 온다니 야단났다. 어디로 도망갈까? 옳지,

고膏의 밑, 황肓의 위에 숨으면 제아무리 명의인 고완도 별 수 없을 테지.' 하고는 그 속으로 들어가 버리는 것이었다.

이윽고 고완이 도착하여 경공의 병을 살피더니 말했다.

"질병이 이미 고의 밑, 황의 위에 들어가 있어 여기는 침도 약도 이르지 못하는 곳이니, 치료가 불가능합니다."

그래도 경공은 명의 고완을 후히 대접하고 치료를 바랐으나, 얼마 후 죽고 말았다.

출전 《춘추좌씨전》

起死回生기사회생

起 일어날 기 死 죽을 사 回 돌아올 회 生 날 생

풀이

죽을 목숨을 다시 살려낸다는 뜻으로, 위기에 처한 상황에서 구원하여 사태를 호전시킴을 이르는 말, 즉 큰 은혜를 베푸는 것을 말한다.

유래

춘추 전국 시대 전설적인 명의였던 편작은 젊어서 남의 객사에서 관리자인 사장舍長을 지낼 적에 빈객 중 장상군長桑君이라는 은자가 보통사람이 아닌 줄 알고 정중하게 대했다. 10여 년이 지나 나이가 든 장상군은 은밀히 편작을 불러 비전의 의술을 전해주었다. 이후 편작은 오장 속 병이 있는 부위를 훤히 볼 수 있게 되었다.

그는 의원이 되어 여러 나라를 돌아다니며 의술을 폈다. 한 번은 편작이 괵나라에 갔을 때 마침 괵나라 태자가 병에 걸려 죽었다. 의술을 좋아하는 중서자中庶子의 안내로 궁중에 들어가 태자를 진찰한 편작은 침으로 몸에 있는 주요한 혈 자리를 찔렀다. 한참 지나자 태자가 소생하였다. 그러자 편작은 약제를 섞어 달여 만든 고약과 같은 것을 양 겨드랑이 아래에 번갈아 붙이게 했다.

태자가 자리에서 일어나 앉자 다시 음과 양을 조절하여 탕약을 스무 날 동안 마시게 하자 태자의 몸은 원래대로 돌아왔다.

그 후로 세상 사람들이 모두 편작은 죽은 사람도 살려낼 수 있다고 여기게 되었다.[故天下盡以扁鵲爲能生死人] 그러나 편작은 '나는 죽은 사람을 살려내지는 못한다. 이는 다만 스스로 살 수 있는 사람을 내가 일어나게 해준 것뿐이다.' 라고 하였다.

또 당나라 때 고병이 펴낸 〈여선전女仙傳〉에는 태현녀太玄女가 '서른여섯 가지 의술을 행하니 매우 잘 들어 죽은 자도 살려냈으며 구한 사람이 무수히 많았다.' 라고 하였다. 기사회생은 거의 죽을 뻔하다가 도로 살아난 것을 의미한다.

출전 《사기》, 《태평광기太平廣記》

同病相憐동병상련

同 한가지 동 病 병 병 相 서로 상, 빌 양 憐 불쌍히 여길 련, 이웃 린

풀이

같은 병자끼리 가엾게 여긴다는 뜻으로, 어려운 처지에 있는 사람끼리 서로 불쌍히 여겨 동정하고 서로 도움.

유래

오나라의 공자 합려는 자객인 전제를 시켜 오나라의 왕 요僚를 죽이고 스스로 왕위에 올랐다. 이때에 오자서는 합려에게 전제를 천거한 공로로 대부가 되었고, 또한 초나라에서 망명한 백비를 천거하여 함께 정치를 하게 되었다.

그때 같은 대부 피리가 오자서에게 물었다.

"백비를 한 번 보고 왜 그렇게 신용합니까?"

"그것은 그와 내가 같은 원한을 지니고 있기 때문이다. 하상가河上歌에 '같은 병에는 서로 불쌍히 여겨 한 가지로 걱정하고 서로 구하네.[同病相憐, 同憂相救]' …….."

라며 그를 비호하였다. 그 후에 합려가 죽고 부차가 왕이 되었는데, 그는 점점 오자서를 신임하지 않고 월나라에 매수된 백비의 말을 따랐다. 마침내 오나라는 위태로워지고 오자서 역시 백비의 참언으로 자결하는 신세가 되었다.

출전 《오월춘추吳越春秋》

杯中蛇影배중사영

杯 잔 배 中 가운데 중 蛇 뱀 사 影 그림자 영

풀이

술잔 속에 비친 뱀의 그림자라는 뜻으로, 부질없이 의심을 품으면 엉뚱한 데에서 탈이 난다는 것을 비유한 말.

유래

진晋나라의 하남 태수 악광樂廣은 매사 신중하고 주도면밀한 사람이었다. 그에게는 친한 친구 한 명이 있었는데 자주 놀러와 함께 술자리를 하기도 하였다. 그런데 어느 날 한동안 친구의 발걸음이 뜸해진 것을 이상하게 생각한 악광은 몸소 친구에게 찾아가 보니 얼굴이 매우 좋지 않아 보였다. 그래서 친구에게 물었다.

"요사이 어째서 놀러오지 않나?"

친구가 대답하였다.

"전에 자네와 술을 마실 때 내 잔 속에 뱀이 보이지 않겠나.[杯中蛇影] 그렇지만 자네가 무안해 할까봐 할 수 없이 그냥 마신 이후 몸이 별로 좋지 않네."

이상하다고 생각한 악광은 지난번 술을 마신 그곳으로 다시 가 보았다. 그 방의 벽에는 뱀이 그려진 활이 걸려 있었다. 비로소 악광은 친구가 이야기한 뱀의 정체를 알게 되었다. 친구의 술잔에

활에 그려진 뱀이 비추어진 것이었다.

이후 악광은 친구를 다시 초대해 같은 장소에서 술자리를 마련하였다. 그가 친구에게 술을 따른 다음 물었다.

"무엇이 보이지 않나?"

친구는 머뭇거리면서 술을 마신 다음 대답하였다.

"지난번과 마찬가지로 뱀이 보이네."

그러자 악광은 그냥 웃으면서,

"자네 술잔 속에 비친 뱀은 저 벽에 걸린 활에 그려진 뱀의 그림자이네."

라고 대답하였다. 악광의 이야기를 다 들은 친구는 그제야 마음의 병이 씻은 듯 나았다.

출전 《풍속통의風俗通義》, 《진서晉書》의 〈악광전〉

壽則多辱수즉다욕

壽 목숨 수 則 법칙 칙, 곧 즉 多 많을 다 辱 욕될 욕

풀이

오래 살수록 고생이나 망신이 많음을 이르는 말.

유래

중국의 성군인 요임금이 화주에 갔을 때 변방을 지키던 사람이, "성인이시여! 오래오래 사시고 부자가 되시옵고 아드님도 많이 두기를 비옵니다."
하니 요임금은 다음과 같이 대답했다.
"아들을 많이 두면 걱정 근심이 많고, 부유하면 일이 많으며, 오래 살면 욕됨이 많으니라. 세 가지는 덕을 길러주는 까닭이 못 되느니라.[多男子則多懼, 富則多事, 壽則多辱. 是三者, 非所以養德也]"
그 사람이 다시 말하길,
"자식이 많아도 각각 제 할 일을 맡겨주면 되고, 부자가 되더라도 남에게 재물을 나누어주면 됩니다. 또한 삼환三患(병 · 늙음 · 죽음)과 재앙이 없다면 오래 산다 해도 무슨 욕됨이 많단 말입니까?"
라고 말하고 떠나려 하자 그 말에 감탄하여 요임금이 자문할 것이 있다고 머물기를 청했으나 그 사람은 돌아간다는 말만 남기고 사라져버렸다.

출전 《장자》 〈천지〉

良藥苦口양약고구

良 어질 양(량) 藥 약 약 苦 쓸 고, 땅 이름 호 口 입 구

풀이

좋은 약은 입에 쓰다는 뜻으로, 충언은 귀에 거슬린다는 말.

유래

진시황이 죽은 뒤에 항우를 물리친 유방은 진秦나라 황궁으로 입성하였다. 호화로운 궁실, 산더미같이 쌓인 금은보화, 꽃과 같은 후궁들로 둘러싸인 유방은 그 화려함에 홀려 왕궁에 그대로 머물러 있으려 하였다.

이에 용장 번쾌가 아직 천하가 통일되지 못하였으니, 속히 이곳을 떠나 적당한 곳에 진을 치고 항우의 공격에 대비해야 한다고 간했으나 그는 듣지 않았다. 이번에는 장량이 나섰다.

"진나라의 무도한 학정으로 말미암아 귀공 같은 일개 서민이 오늘 왕궁에 들어앉는 기회를 얻었습니다. 귀공의 임무는 한시바삐 남은 적을 무찌르고 천하의 인심을 안정시키는 데 있습니다. 그러기 위해서는 몸소 상복을 입고 진나라에 시달린 백성을 조상하고 위로하여야 합니다. 그런데도 금은보화와 여색에 눈이 어두워 진나라 왕의 음락을 본받으려 하니, 포악한 군주의 표본인 하나라의 걸왕과 다를 바가 없습니다. 본시 충언은 귀에 거슬리나 자신을

위하는 것이며, 양약은 입에 쓰나 병에는 효력이 있습니다. 부디 번쾌의 충언에 따르도록 하소서."

이 말에 유방은 크게 뉘우치고 왕궁을 떠나 패상霸上에 진을 치고는, 바로 뒤따라 진격한 항우에게 넘겨주고 민심을 얻어 천하를 도모하기 위한 준비를 하게 되었다.

출전《사기》

以毒攻毒이독공독

以 써 이 毒 독 독, 거북 대 攻 칠 공 毒 독 독, 거북 대

풀이

독으로써 독을 친다는 뜻으로, 악을 누르는 데 다른 악을 이용함을 비유하는데도 사용함.

유래

이는 원래 동양 의술에서 질병을 치료하는 한 방법으로, 독성이 함유된 약물로 독창 등의 악성 질병을 치료하는 경우를 가리킨다.

예컨대 당나라 때 신청이 지은《북산집》에는 '훌륭한 의사는 독으로써 독성을 멈추게 한다.[良醫之家, 以毒止毒也]' 라고 논평한 적이 있었다. 또 명나라의 도종의는《철경록》에서 '뱀의 뿔은 그 성질이 지독한데, 능히 해독을 할 수 있는 효능이 있다. 아마도 독으로써 독을 치는 치료방법이다.' 라고 했는데, 이러한 치료법은 동양의학에서 아주 오래 전부터 사용되어 왔음을 알 수 있다.

그 후에 '이독공독' 은 질병치료뿐만이 아니라 악을 물리치는 데 다른 악을 수단으로 삼거나 악독한 처사에 똑같이 악독한 처사로 대처하는 것을 비유하는 말로도 쓰이게 되었다. 우리가 흔히 사용하는 '열은 열로써 다스린다.' 는 뜻인 '이열치열以熱治熱' 의 성어와도 같은 이치를 지니고 있다.

출전《북산집北山集》,《철경록輟耕錄》

杏林春滿행림춘만

杏 살구나무 행 林 수풀 림(임) 春 봄 춘 滿 찰 만

풀이

살구나무 숲에 봄이 가득하다는 뜻으로, 의사의 의술이 높이 알려짐을 비유한 말.

유래

삼국 시대 오나라 의사 동봉은 강서성 여산에서 빈곤에 시달리는 불쌍한 환자들을 고쳐주고 치료비를 받는 대신 살구나무를 심게 하였다. 중병환자는 질병이 치유된 후 동봉이 지정한 땅에 살구나무 다섯 그루를 심게 하였다. 중병환자가 아닌 경우엔 질병이 치유된 후 산꼭대기에 살구나무 한 그루를 심도록 하였다.

이와 같이 치료를 해준 환자들이 심은 살구나무는 수년 후에 10만여 그루가 넘는 광활한 살구나무 밭을 일구게 되었다. 동봉은 이 살구로 병을 치료하거나 혹은 곡식으로 바꿔 다시 가난한 사람들에게 나눠주기도 했다.

이 때문에 봄과 같이 훈훈한 인술을 행한 동봉과 그의 살구밭을 가리켜 '행림춘만', '동선행림董仙杏林'이라 칭하게 되었다. 오늘날까지 한의원을 행림이라 하고, 한방축제를 '행림제'라고 칭하는 연유가 여기에서 비롯된 것이다.

출전 《삼국지》

護疾忌醫 호질기의

護 도울 호 疾 병 질 忌 꺼릴 기 醫 의원 의

풀이

병을 숨겨 의원에게 보이기를 꺼린다는 뜻으로, 잘못이 있는데도 다른 사람의 충고를 듣지 않는 것을 비유함.

유래

이 성어는 중국 고대의 전설적인 명의인 편작과 채환공의 고사에서 유래되었다.

어느 날 편작이 채환공을 만난 자리에서 말했다.

"군주께서는 질병이 땀구멍까지 이르렀으니 치료하지 않으면 깊어질까 염려됩니다."

이에 채환공은 말했다.

"과인은 질병이 없다."

편작은 아무런 대답을 하지 않고 나왔다. 그가 나가자 채환공이 주변 사람들에게 말했다.

"의사는 병들지 않은 사람까지 치료하기를 좋아하여 공으로 세우려고 한다."

10일 뒤에 편작이 채환공의 기색을 살펴보고 다시 말했다.

"군주의 병이 피부 살결까지 이르렀으니, 치료하지 않으면 더욱 깊어질 것입니다."

채환공은 대수롭지 않게 생각하고 아예 반응하지도 않았다. 편작은 하는 수 없이 물러나갔고, 채환공 또한 그를 탐탁하게 생각하지 않았다.

다시 10일이 지나자 편작이 또 채환공을 보고 말했다.

"군주의 병이 위장에 이르렀으니 치료하지 않으면 장차 더욱 깊어질 것입니다."

이번에도 채환공은 반응하지 않았고, 편작은 또한 물러날 수밖에 없었다.

그 뒤에 다시 10일이 지나자 편작은 채환공을 보고 아무 말 없이 물러나니, 채환공이 사람을 시켜 그 까닭을 묻게 했다. 이에 편작이 말했다.

"질병이 숨구멍에 이르렀으면 탕약과 찜질로 고칠 수 있습니다. 또 병이 피부와 살결에 이르렀을 때에는 침과 돌침으로 고칠 수 있습니다. 그리고 병이 위장에 이르렀다면 뜸으로 고칠 수 있습니다. 그러나 병이 골수에까지 이르렀다면 신도 어찌할 방법이 없습니다. 지금 군주의 병은 골수에 있으므로 신의 손을 떠났기 때문에 더 드릴 말씀이 없는 것입니다."

그 일이 있은 후 5일이 다시 지나자 채환공의 몸은 위독한 지경에 이르렀고 급히 사람을 시켜 편작을 찾아오게 했으나 그는 이미 진秦나라로 도피해 있었다. 마침내 편작의 말을 무시한 채환공은 비참하게 죽고 말았다.

'호질기의' 는 채환공처럼 남의 말이나 의견을 잘 수렴하지 않는 고집불통의 사람을 비유하기도 한다.

중국 북송 시대 유학자 주돈이도 《주자통서周子通書》에서 '호질기의' 에 대해 다음과 같이 말했다. '요즘 사람들은 잘못이 있어도 다른 사람들이 바로잡아 주는 것을 기뻐하지 않는다. 이는 마치 병을 감싸 안아 숨기면서 의원을 피해 자신의 몸을 망치면서도 깨닫지 못하는 것과 같다.[今人有過, 不喜人規, 如護疾而忌醫, 寧滅其身而無悟也]'

출전 《주자통서》

더 살펴보기

滿身瘡痍만신창이

滿 찰 만 身 몸 신, 나라 이름 건 瘡 부스럼 창 痍 상처 이

온몸이 성한 데 없는 상처투성이라는 뜻으로, 아주 형편없이 엉망임을 형용해 이르는 말.

命在頃刻명재경각

命 목숨 명 在 있을 재 頃 잠깐 경, 이랑 경 刻 새길 각

목숨이 경각에 달렸다는 뜻으로, 숨이 곧 끊어질 지경에 이름, 거의 죽게 됨.

無病自灸무병자구

無 없을 무 病 병 병 自 스스로 자 灸 뜸 구

병이 없는데 스스로 뜸질을 한다는 뜻으로, 우리 속담의 '긁어 부스럼' 처럼 불필요한 노력으로 정력을 낭비하는 것을 비유함.

壽福康寧수복강령

壽 목숨 수 福 복 복, 간직할 부 康 편안 강 寧 편안할 녕(령)

오래 살고 복되며 건강하고 편안함.

藥房甘草약방감초

藥 약 약 房 방 방 甘 달 감 草 풀 초

무슨 일이나 빠짐없이 끼임. 반드시 끼어야 할 사물.

人事不省인사불성

人 사람 인 事 일 사 不 아닐 불, 아닐 부 省 살필 성, 덜 생

정신을 잃고 의식을 차리지 못한다는 뜻으로, 의식을 잃어서 사람의 일을 알아차리지 못함, 혹은 사람으로서의 예절을 차릴 줄 모름을 비유하여 이르는 말.

吐故納新토고납신

吐 토할 토 故 연고 고 納 들일 납 新 새 신

묵은 것을 토해내고 새것을 들이마신다는 뜻으로, 낡고 좋지 않은 것을 버리고 새롭고 좋은 것을 받아들이는 기공의 일종.

17

입은 화와 복이 나오는 곳이다

[언어 · 문예]

堅白同異견백동이

堅 굳을 견 白 흰 백 同 한가지 동 異 다를 이(리)

풀이

억지로 펴는 논리.

유래

중국 전국 시대의 공손용이 말한 일종의 궤변이다. 예컨대 단단하고 흰 돌은 눈으로 보아서는 그것이 희다는 것을 알 수 있으나 단단한지는 모르며, 손으로 만져보았을 때에는 그것이 단단하다는 걸 알 수 있을 뿐 빛깔이 희다는 것은 모르므로, 단단하고 흰 돌은 동일한 물건이 아니라고 설명하는 등 옳고 그름, 같음과 다름을 뒤바꾸어 억지로 궤변을 늘어놓는 것을 말한다.

또 '백마는 말이 아니다.' 라고 주장하고 '말은 어떤 형태를 가리키는 것이지만, 백白이라는 것은 색깔을 가리킨다.' 며 백마비마白馬非馬를 주장하기도 하였다.

출전 《장자》

巧言令色교언영색

巧 공교할 교 言 말씀 언, 화기애애할 은 令 하여금 영(령) 色 빛 색

풀이

남의 환심을 사기 위해 교묘히 꾸며서 하는 말과 아첨하는 얼굴빛.

유래

남의 환심을 사기 위하여 아첨하는 말과 표정을 이르는 말로써 공자는 《논어》에서 이렇게 말하였다. '입에 발라 맞추는 말과 아첨하는 얼굴빛에는 인仁이 적다.' 이 말은 말재주가 교묘하고 표정을 보기 좋게 꾸미는 사람 중에 어진 사람은 거의 없다는 뜻이다.

또 공자는 〈자로편〉에서 '강직 의연하고 질박한 사람이 오히려 인仁에 가깝다.[剛毅木訥, 近仁]' 라고도 하였는데, 이는 의지가 굳고 말수가 적은 사람이 오히려 인과 덕을 갖춘 경우가 많다는 뜻이다.

출전 《논어》

三人成虎삼인성호

三 석 삼 人 사람 인 成 이룰 성 虎 범 호

풀이

세 사람이면 없던 호랑이도 만든다는 뜻으로, 거짓말이라도 여러 사람이 말하면 남이 참말로 믿기 쉽다는 말.

유래

전국 시대 위나라 방총이 태자를 모시고 조나라 한단으로 인질이 되어 가면서 자기가 없는 동안 왕의 관심이 자기에게서 멀어질까 하여 혜왕을 만나 물어보았다.

"어떤 사람이 시장에 호랑이가 나타났다고 하면 왕께서는 믿겠습니까?"

"그 말을 누가 믿나?"

"그럼 두 사람이 와서 같은 말을 하면 믿으시겠습니까?"

"반신반의하겠지."

"이번에는 세 사람이 와서 같은 말을 한다면 어떻게 하시겠습니까?"

"그 말을 믿을 것 같다."

방총은 말했다.

"시장에는 분명히 호랑이가 없습니다. 그러나 세 사람이 같은 말을 하면 호랑이가 나타난 것이 됩니다. 저는 지금 멀리 한단으로 떠납니다. 제가 떠난 후 저에 대해 왈가왈부하는 사람이 셋만은 아닐 것입니다. 귀담아 듣지 마십시오.”

“내가 직접 확인한 것이 아니면 믿지 않을 테니 걱정 마오.”

방총이 출발하고 아직 한단에 도달하기도 전에 그의 걱정대로 참소가 들어왔다. 이에 혜왕은 약속과는 달리 방총을 의심하게 되었다. 몇 년 뒤 태자는 인질에서 풀려 귀국했지만 방총은 그가 예견한 대로 왕을 만날 수 없는 신세가 되어 있었다.

출전《전국책》

一字千金일자천금

一 한 일 字 글자 자 千 일천 천 金 쇠 금

풀이

한 글자의 값어치가 천금이 나갈 정도로 지극히 가치 있는 문장을 말함.

유래

진秦나라의 태자 정政이 즉위하여 진시황이 되자 여불위는 득세하여 권력을 쥐고 자기 마음대로 권세를 누렸다. 그 당시 위나라에는 신릉군과 같은 사람들이 많은 식객을 거느리고 있었는데 여불위는 강한 진秦나라가 그들에게 못 미치는 것을 부끄럽게 여겼다.

그래서 재주 있는 선비들을 불러 모아 견문을 쓰게 하여 팔람八覽과 육론六論, 십이기十二紀 등의 책으로 편집한 후, 천지만물과 고금의 일 등을 다 갖추었다고 생각하여 《여씨춘추》라 이름 하였다. 그리고 '함양 시문에 널리 알려서 그 위에 천금을 걸어두고 제후 유사 빈객들을 끌어들여 한 글자라도 첨삭할 수 있는 자가 있다면 천금을 주겠다.' 고 하였다.

출전 《사기》

懸河之辯 현하지변

懸 달 현 河 물 하 之 갈 지, 어조사 지 辯 말씀 변, 두루 미칠 편

풀이

도도히 흐르는 물과 같은 변설이라는 뜻으로, 거침없고 유창한 말주변을 이르는 말.

유래

서진西晉의 학자 곽상은 어려서부터 재능이 탁월하여 주위 사람들의 칭송을 받았으며, 일상생활 속의 모든 현상에 대한 깊은 사색을 즐겼다. 그는 성인이 되어서도 노장老莊의 학설을 좋아하여 그에 관한 연구와 집필을 계속하였다.

곽상은 그 당시 조정으로부터 관직을 맡아줄 것을 부탁받은 적이 한두 번이 아니었지만 학문 연구에 뜻을 두고 있었으므로 모두 사양하였다. 그러나 한 번은 더 이상 거절하지 못하고 황문시랑이라는 직책을 맡게 되었다.

그는 관직생활에 있어서도 매사를 이치에 맞게 분명하게 처리하였고, 다른 사람들과 어떤 문제에 대한 깊이 있는 토론을 좋아했다. 토론을 할 때마다 그의 말이 논리정연하고 언변이 뛰어난 것을 지켜보던 왕연은 이렇게 칭찬의 말을 했다.

"곽상이 말하는 것을 들으면 마치 산 위에서 곧장 떨어지는 물

줄기가 그치지 않음과 같다.[如懸河瀉水 注而不竭]”

여기서 ‘구약현하’ 라는 말이 나왔으며, 이 말은 ‘현하지변’ 과 유사하다. 이 말들은 말만 번지르르하게 하고 행동이 따르지 못하는 것을 일컬어 말할 때도 있다.

출전 《수서隋書》

더 살펴보기

街談巷語가담항어

街 거리 가 談 이야기할 담 巷 거리 항 語 말 어

항간의 뜬소문이라는 뜻으로, 저잣거리나 여염집에 떠도는 소문.

甘言利說감언이설

甘 달 감 言 말씀 언, 화기애애할 은 利 이로울 이(리)

說 말씀 설, 달랠 세, 기뻐할 열

달콤한 말과 이로운 이야기라는 뜻으로, 남의 비위에 맞도록 꾸민 달콤한 말과 이로운 조건을 내세워 남을 꾀하는 말.

口無擇言구무택언

口 입 구 無 없을 무 擇 가릴 택 言 말 언

하나도 버릴 것이 없이 좋은 말.

口蜜腹劍구밀복검

口 입 구 蜜 꿀 밀 腹 배 복 劍 칼 검

입으로는 달콤함을 말하나 뱃속에는 칼을 감추고 있다는 뜻으로, 겉으로는 친절하나 마음속은 음흉한 것.

口禍之門구화지문

口 입 구 禍 재앙 화 之 어조사 지 門 문 문

입은 재앙의 문이 된다는 뜻으로, 재앙이 입으로부터 나오고 입으로부터 들어가기 때문에 입을 조심하라는 말.

洛陽紙貴낙양지귀

洛 물 이름 락 陽 볕 양 紙 종이 지 貴 귀할 귀

낙양의 종잇값을 올린다는 뜻으로 문장이나 저서가 대중들의 호평을 받아 잘 팔림을 이르는 말.

道聽塗說도청도설

道 길 도 聽 들을 청 塗 칠할 도, 길 도

說 말씀 설, 달랠 세, 기뻐할 열, 벗을 탈

길거리에서 들은 이야기를 곧 그 길에서 다른 사람에게 말한다는 뜻으로, 거리에서 들은 것을 남에게 아는 체하며 말함. 깊이 생각 않고 예사로 듣고 말함. 길거리에 떠돌아다니는 뜬소문.

東問西答동문서답

東 동녘 동 問 물을 문 西 서녘 서 答 대답 답

동쪽을 묻는데 서쪽을 대답한다는 뜻으로, 묻는 말에 대하여 전혀 엉뚱한 대답을 한다는 말.

駟不及舌사불급설

駟 사마 사 不 아닐 불, 아닐 부 及 미칠 급 舌 혀 설

네 마리 말이 끄는 빠른 수레도 사람의 혀에는 미치지 못한다는 뜻으로, 소문은 빨리 퍼지므로 말조심하라는 말.

舌芒於劍설망어검

舌 혀 설 芒 까끄라기 망, 황홀할 황 於 어조사 어, 탄식할 오 劍 칼 검

혀가 칼보다 날카롭다는 뜻으로, 논봉論鋒(평론 · 논평 · 언론 따위의 날카로운 논조와 표현)의 날카로움을 이르는 말.

說往說來설왕설래

說 말씀 설 往 갈 왕 說 말씀 설 來 올 래(내)

서로 변론을 주고받으며 옥신각신함.

漱石枕流수석침류

漱 양치질할 수 石 돌 석 枕 베개 침 流 흐를 류(유)

돌로 양치질하고 냇물로 베개를 삼는다는 뜻으로 자신의 실수를 인정하지 않고 억지를 쓰는 것을 말함.

惡事千里악사천리

惡 악할 악, 미워할 오 事 일 사 千 일천 천 里 마을 리(이)

나쁜 소문은 세상에 빨리 퍼진다는 말.

語不成說어불성설

語 말씀 어 不 아닐 불, 아닐 부 成 이룰 성 說 말씀 설

말이 하나의 일관된 논의로 되지 못함, 즉 말이 이치에 맞지 않음을 뜻함.

言飛千里언비천리

言 말 언 飛 날 비 千 일천 천 里 마을 리(이)

발 없는 말이 천리 간다는 뜻.

言語道斷언어도단

言 말씀 언, 화기애애할 은 語 말씀 어 道 길 도 斷 끊을 단

말할 길이 끊어졌다는 뜻으로, 곧 너무나 엄청나거나 기가 막혀서 말로써 나타낼 수가 없음을 이르는 말.

言中有骨언중유골

言 말씀 언, 화기애애할 은 中 가운데 중 有 있을 유 骨 뼈 골

말 속에 뼈가 있다는 뜻으로, 예사로운 표현 속에 만만치 않은 뜻이 들어 있음을 이르는 말.

有口無言유구무언

有 있을 유 口 입 구 無 없을 무 言 말씀 언, 화기애애할 은

입은 있으나 말이 없다는 뜻으로, 변명할 말이 없음을 뜻함.

流言蜚語유언비어

流 흐를 유(류) 言 말씀 언, 화기애애할 은 蜚 바퀴 비, 날 비 語 말씀 어

아무 근거 없이 널리 퍼진 소문이라는 뜻으로, 터무니없이 떠도는 말. 뜬소문.

綸言如汗윤언여한

綸 굵은 실 륜(윤) 言 말 언 如 같을 여 汗 땀 한

임금이 한 말은, 땀이 다시 몸속으로 들어갈 수 없음과 같다는 뜻.

以實直告이실직고

以 써 이 實 열매 실, 이를 지 直 곧을 직, 값 치 告 고할 고

사실 그대로 고함.

衆口難防중구난방

衆 무리 중 口 입 구 難 어려울 난, 우거질 나 防 막을 방

많은 사람들이 함부로 떠들어대는 것은 감당하기 어려우니, 행동을 조심해야 함을 이르는 말.

千篇一律천편일률

千 일천 천 篇 책 편 一 한 일 律 법칙 률(율)

여러 시문의 격조가 변화 없이 비슷비슷하다는 뜻으로, 여러 사물이 거의 비슷비슷하여 특색이 없음을 비유하여 이르는 말.

寸鐵殺人촌철살인

寸 마디 촌 鐵 쇠 철 殺 죽일 살 人 사람 인

한 치밖에 안 되는 칼로 사람을 죽인다는 뜻으로, 간단한 경구나 단어로 사람을 감동시키거나 사물의 급소를 찌름을 비유함.

忠言逆耳충언역이

忠 충성 충 言 말씀 언, 화기애애할 은 逆 거스릴 역 耳 귀 이

바른말은 귀에 거슬린다는 뜻으로, 바르게 타이르는 말일수록 듣기 싫어함을 이르는 말.

針小棒大침소봉대

針 바늘 침 小 작을 소 棒 막대 봉 大 클 대, 큰 대

바늘만한 것을 몽둥이만하다고 과장해서 말하듯, 곧 작은 일을 크게 떠벌리는 것을 말함.

卓上空論탁상공론

卓 높을 탁 上 윗 상 空 빌 공 論 논할 론(논)

탁자 위에서만 펼치는 헛된 논설이란 뜻으로, 실현성이 없는 허황된 이론을 일컬음.

荒唐無稽황당무계

荒 거칠 황, 공허할 강 唐 당나라 당, 당황할 당 無 없을 무
稽 상고할 계

허황되고 근거가 없다는 뜻으로, 말이나 행동이 터무니없고 근거가 없음.

豪言壯談호언장담

豪 호걸 호 言 말씀 언, 화기애애할 은 壯 장할 장 談 말씀 담

분수에 맞지 않는 말을 큰소리로 자신 있게 말함.

膾炙人口회자인구

膾 회 회 炙 구울 자, 구울 적 人 사람 인 口 입 구

회나 구운 고기 등 맛있는 음식처럼 시문 등이 사람들의 입에 많이 오르내리고 찬양을 받는 것.

橫說竪說횡설수설

橫 가로 횡 說 말 설 竪 세울 수 說 말 설

말을 이렇게 했다가 저렇게 했다가 하듯 두서 없이 아무렇게나 떠드는 것.

한 절름발이를 보고 비웃은 애첩의 비참한 말로

중국 춘추전국 시대 조나라의 평원군 조승은 인재들을 좋아하니, 그의 문하에는 전국에서 찾아온 빈객들의 수효가 수천 명에 달하였다. 평원군의 집에는 민가를 내려다볼 수 있는 높은 누각이 있었다. 어느 날 평원군의 애첩이 누각 위에 있다가 한 절름발이가 절뚝이며 물을 길어 나르는 모습을 보고 크게 깔깔거리며 비웃었다.

다음날 그 절름발이가 평원군을 찾아와 선비를 귀하게 여기고 첩을 천하게 여긴다는 평원군의 명성에 걸맞게 자신을 비웃은 첩의 머리를 달라고 요구하였다. 평원군은 그러겠다고 건성으로 약조하고는 무시하였는데, 그로 인해 1년 남짓 사이에 빈객이 절반으로 줄었다. 그래서 평원군은 절름발이를 보고 웃은 애첩의 목을 베어 자신이 직접 들고 그의 집 대문 앞으로 가서 건네며 사과의 말을 했다. 그러자 천하의 선비들이 다시 평원군의 집으로 서서히 몰려들었다. 사소한 언행이라도 신중하지 않으면 감당하기 어려운 비참한 결과를 얻을 수 있다는 대표적인 사례이다.

출전 《사기史記》

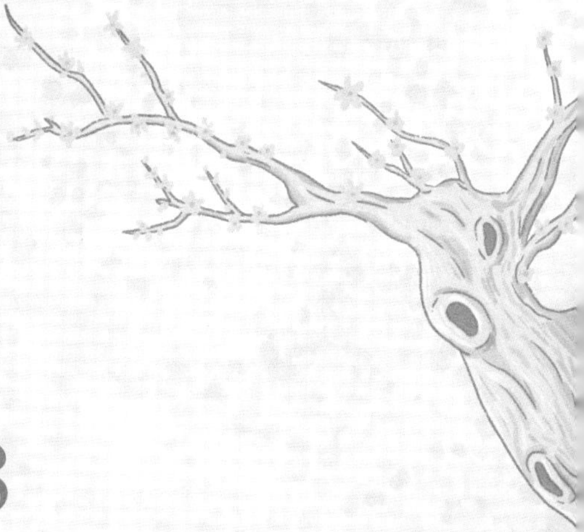

18

덧없는 인생살이 뒤돌아보나니

[인생무상]

鼓盆而歌고분이가

鼓 북 고 盆 동이 분 而 말 이을 이 歌 노래 가

풀이

물동이를 두드리며 노래한다는 뜻으로, 장자가 자신의 아내가 죽었을 때에 취한 행동인데 아내의 죽음을 슬퍼하는 한편에 삶이 있으면 죽음이 있다는 자연의 이치를 깨달은 것을 비유함.

유래

장자의 아내가 죽자 혜자가 조문하러 갔다. 그때 장자는 두 다리를 뻗고 앉아 항아리를 두드리며 노래를 부르고 있었다. 이에 혜자가 말했다.

"평생 아내와 함께 살았고, 자식을 길렀으며, 함께 늙었다. 그런 부인이 죽었는데 곡은 안 하고 항아리를 두드리며 노래를 부르고 있으니 너무 심하지 않은가?"

장자가 아무렇지 않게 말했다.

"그렇지 않다. 그녀가 죽고서 처음에는 나라고 어찌 슬픔이 없었겠는가? 그러나 그가 태어나기 이전을 생각해 보니 본시는 삶이 없었던 것이었고, 삶만 없었을 뿐만 아니라 형체조차 없었으며, 형체만이 아니라 기운조차 없었던 것이다. 흐리멍덩한 사이에 섞여 있었으나 그것이 변화하여 기운이 있게 되었고, 기운이 변화하여 형체가 있게 되었으며, 형체가 변화하여 삶이 있게 되었던 것이다. 지금은 그런 아내가 또 변화하여 죽어간 것이다.

이것은 봄 · 가을과 여름 · 겨울의 사철이 운행하는 것과 같은 변화였던 것이다. 그 사람은 하늘과 땅이라는 거대한 방 속에 편안히 잠들고 있는 것이다. 그런데도 내가 소리 내어 그의 죽음을 따라 곡을 한다면 천명에 통달하지 못한 짓이라 스스로 생각되었기 때문에 곡도 하지 않고 노래를 부른 것이다."

'고분이가' 는 '고분지통叩盆之痛' 이라고도 쓰인다.

출전 《장자》

南柯之夢남가지몽

南 남녘 남, 나무 나 柯 가지 가 之 갈 지, 어조사 지 夢 꿈 몽

풀이

남쪽 가지 밑에서 꾼 한바탕 꿈이라는 뜻으로, 일생과 부귀영화가 한낱 꿈에 지나지 않음을 이르는 말.

유래

당나라 9대 황제인 덕종 때 광릉 땅에 순우분이란 사람이 있었다. 어느 날 순우분이 술에 취해 집 앞의 큰 홰나무 밑에서 잠이 들었다. 그러자 어디서 남색 관복을 입은 두 사나이가 나타나더니 이렇게 말했다.

"저희는 괴안국왕의 명을 받고 대인을 모시러 온 사신입니다."

순우분이 사신을 따라 홰나무 구멍 속으로 들어가자 국왕이 성문 앞에서 반가이 맞이했다. 순우분은 부마가 되어 궁궐에서 영화를 누리다가 남가태수를 제수 받고 부임했다. 남가군을 다스린 지 20년, 그는 그간의 치적을 인정받아 재상이 되었다.

그러나 때마침 침공해 온 단라국군에게 참패하고 말았다. 설상가상으로 아내까지 병으로 죽자 관직을 버리고 상경했다. 얼마 후 국왕은 '천도해야 할 조짐이 보인다.' 며 순우분을 고향으로 돌려보냈다.

잠에서 깨어난 순우분은 꿈이 하도 이상해서 홰나무 뿌리 부분을 살펴보니, 과연 구멍이 있었다. 그 구멍을 더듬어 나가자 넓은 공간에 수많은 개미의 무리가 두 마리의 왕개미를 둘러싸고 있었다. 여기가 괴안국이었고, 왕개미는 국왕 내외였던 것이다. 또 거기서 '남쪽으로 뻗은 가지' 에 나 있는 구멍에도 개미떼가 있었는데 그곳이 바로 남가군이었다.

순우분은 개미구멍을 원상태로 고쳐놓았지만 그날 밤에 큰 비가 내렸다. 이튿날 아침 그 구멍을 살펴보니 개미는 흔적도 없이 사라졌다. '천도해야 할 조짐' 이란 바로 이 일이었던 것이다.

출전 《남가태수전南柯太守傳》

雪泥鴻瓜 설리홍과

雪 눈 설 泥 진흙 니(이) 鴻 큰 기러기 홍 瓜 오이 과, 발자국 과

풀이

눈 위에 남긴 기러기 발자국은 눈이 녹음에 따라 바로 사라지듯, 인생도 그와 같이 덧없음을 이르는 말. 또는 세상에 대한 집착을 버리고 아무 미련 없이 훌쩍 떠나는 것을 비유함.

유래

송나라의 소식이 지방의 관리로 제수되어 떠날 즈음, 그의 아우인 소철이 소식과 더불어 민지에서 보낸 옛일을 회고하며 이별을 아쉬워하는 시 한 편을 보냈다. 이에 소식은 다음과 같은 화답의 시를 보냈다.

인생이란 결국 무엇과 같은지 아는가?[人生到處知何似]
눈 진창에 내려앉는 기러기와 흡사하네.[應似飛鴻踏雪泥]
눈 위에 우연히 발자국을 남겼어도,[雪上偶然留指爪]
기러기가 어찌 동쪽과 서쪽을 따지면서 날아가겠는가.[飛鴻那復計東西]

이 시는 소식이 과거에 급제하여 관리가 되기 위해 동분서주하

는 자신의 행적을 돌이켜보면서 '눈 위에 남긴 기러기의 발자국' 같다고 비유했는데, 여기에서 성어가 유래된 것이다. 눈 위에 남긴 기러기 발자국은 눈이 녹음에 따라 바로 사라지듯, 인생도 그와 같이 덧없음을 한탄한 것이다. '설리홍과'는 '비홍답설飛鴻踏雪', '비홍설조飛鴻雪爪', '비홍인설飛鴻印雪'이라고도 한다.

출전 《소식집蘇軾集》

人生朝露 인생조로

人 사람 인 生 날 생 朝 아침 조, 고을 이름 주 露 이슬 로(노)

풀이

인생은 아침 이슬과 같이 짧고 덧없다는 말.

유래

전한 무제武帝 때, 중랑장 소무는 포로 교환차 사절단을 이끌고 흉노의 땅에 들어갔다가 그들의 내란에 말려 잡히고 말았다. 흉노의 우두머리인 선우는 한사코 항복을 거부하는 소무를 '숫양이 새끼를 낳으면 귀국을 허락하겠다.' 며 북해北海 변방으로 추방했다.

소무가 들쥐와 풀뿌리로 연명하던 어느 날, 고국의 친구인 이릉 장군이 찾아왔다. 이릉은 소무가 고국을 떠난 그 이듬해 5천여 명의 보병으로 5만 명이 넘는 흉노의 기병과 혈전을 벌이다가 중과부적衆寡不敵으로 참패한 뒤 부상을 당해 혼절 중에 포로가 되고 말았다.

그 후 이릉은 선우의 빈객으로 후대를 받았으나 항복한 장수가 된 것이 부끄러워 감히 소무를 찾지 못하다가 이번에 선우의 특청으로 먼 길을 달려온 것이다. 이릉은 주연을 베풀어 소무를 위로하고 이렇게 말했다.

"선우는 자네가 내 친구라는 것을 알고 꼭 데려오라며 나를 보냈네. 그러니 자네도 이제 고생 그만하고 나와 함께 가도록 하세. '인생은 아침 이슬과 같다.' 고 하지 않는가."

그러나 이릉은 끝내 소무의 절조를 꺾지 못하고 혼자 돌아갔다. 소무는 그 후 무제의 아들인 소제가 파견한 특사의 기지로 풀려나 19년 만에 다시 고국 땅으로 돌아올 수 있었다.

출전《사기》

一場春夢 일장춘몽

一 한 일 場 마당 장 春 봄 춘, 움직일 준 夢 꿈 몽

풀이

한바탕의 봄꿈처럼 헛된 영화나 덧없는 일이란 뜻으로, 인생의 허무함을 비유함.

유래

당나라 때 시인 노연양이 그의 절친했던 친구 이영이 세상을 떠났을 때 〈곡이영단공〉이란 애도시를 지었다. 그 시 중에 '더불어 시 짓는 친구와 술 마시는 무리들 다 흩어지니, 월왕이 있던 도성에서 한바탕 봄꿈을 꾼 것 같구나![詩侶酒徒消散盡, 一場春夢越王城]' 라는 구절에 '일장춘몽' 이 나온다.

송나라의 대문인인 소동파가 창화라는 곳에 머물러 있을 때, 한번은 큰 술동이를 등에 지고 시가를 읊으며 논밭 사이를 걸어간 적이 있었다. 그때 칠십쯤 되는 노부인이 소동파에게 다가와서 이렇게 말했다.

"당신께서 지난날에 누리던 부귀영화는 한바탕 봄꿈[一場春夢]과 같은 것이오."

소동파가 듣고 과연 옳다고 크게 탄식했다고 한다. 이 광경을 마을 사람들이 보고 이 노부인을 '춘몽파春夢婆' 즉 '봄꿈 할머

니' 라고 불렀다.

조선조 장유의 시에도 다음과 같은 구절이 있다. '장부의 할 일 아직도 끝내지 못했는데, 지난 자취 살펴보면 그야말로 일장춘몽一場春夢.'

이처럼 '일장춘몽'이란 세상사가 무상하여 부귀영화가 봄날에 꾸는 순식간의 꿈과 같다는 것이다.

출전 《전당시全唐詩》, 《후청록侯鯖錄》, 《계곡선생집》

邯鄲之夢 한단지몽

邯 조나라 서울 한 鄲 조나라 서울 단 之 갈 지, 어조사 지 夢 꿈 몽

풀이

한단에서 꾼 꿈이라는 뜻으로, 인생의 부귀영화는 일장춘몽과 같이 허무함을 이르는 말.

유래

당나라 현종 때 여옹이라는 도사가 있는데, 하루는 한단이라는 곳에 있는 한 주막에서 쉬고 있었다. 그때 허름한 차림의 노생이라는 젊은이가 들어와 한참 신세타령을 하더니 여옹의 베개를 베고 잠이 들었다.

그 베개는 도자기로 된 베개로 양쪽에 구멍이 있었는데 그 구멍이 차차 커지는 것이 아닌가! 노생이 이상히 여겨 그 속으로 들어가 보니 훌륭한 집이 있었다. 노생은 거기서 최씨의 딸을 아내로 맞이하고, 진사 시험에도 급제하여 경조윤(중국 한나라 때 서울을 다스리던 으뜸 벼슬)을 거쳐 어사대부, 이부시랑에까지 올랐다.

그는 한때 모함으로 좌천되기도 했으나 다시 재상으로 등용되어 천자를 보필하였다. 그러다가 모반 사건에 연루되었다 하여 포박되었다. 그때 그는 고향에서 농사나 지었더라면 하는 후회 때문에 자결하려다가 아내가 말리는 바람에 뜻을 이루지 못했다.

몇 년 뒤 노생은 무죄로 판명되어 다시 중서령이 되고, 연국공에 봉해져 천자의 두터운 신임을 받았다. 그 후 다섯 아들과 십여 명의 손자를 두고 행복한 나날을 보내다가 노환으로 죽고 말았다.

노생이 언뜻 깨어보니 모든 것이 꿈이었다. 주모가 끓이던 조가 아직 익지도 않은 짧은 시간이었다. 노생이 이상히 여겨,

"어찌 꿈일 수 있는가?"

라고 하자 여옹은 웃으며 말했다.

"인생지사 또한 이와 같은 것이라네."

출전 《침중기枕中記》

胡蝶之夢 호접지몽

胡 되 호, 오랑캐 이름 호 蝶 나비 접 之 갈 지, 어조사 지 夢 꿈 몽

풀이

장자가 나비가 되어 날아다닌 꿈으로, 현실과 꿈의 구별이 안 되는 것. 인생의 덧없음의 비유.

유래

장자가 어느 날 꿈을 꾸었다. 그는 꿈속에서 나비가 되어 꽃들 사이를 즐겁게 날아다녔다. 그러다 문득 눈을 떠보니, 자신은 틀림없는 인간 장주莊周가 아닌가. 그러나 이것이 장주가 꿈에서 나비가 된 것인지, 아니면 나비가 꿈에서 장주가 되어 있는 것인지, 그 어느 쪽이라고 말할 수 없었다.

장자가 말했다.

"현실의 모습으로 얘기하자면 나와 나비 사이에는 확실히 구별이 있다. 하지만 이것은 물物의 변화, 현상계에 있어서의 한때의 모습일 뿐이다."

또 장자는 '천지는 나와 나란히 생기고, 만물은 나와 하나다.' 라고 말했다. 그와 같은 만물 일체의 절대 경지에서 말한다면 장주도 나비도, 꿈도 현실도, 삶도 죽음도 구별이 없다. 보이는 것은 만물의 변화에 불과하다는 것이다.

이처럼 피아彼我의 구별을 잊어버리는 것, 혹은 물아일체物我一體의 경지를 비유해 '호접지몽'이라 하고, 또 인생의 덧없음을 비유해서 쓰기도 한다. 줄여서 '호접몽胡蝶夢'이라고도 한다.

출전《장자》

더 살펴보기

羅浮之夢나부지몽

羅 벌일 나(라), 그물 나(라) 浮 뜰 부 之 갈 지, 어조사 지 夢 꿈 몽

나부산羅浮山의 꿈이라는 뜻으로, 덧없는 한바탕의 꿈을 이르는 말.

夢中夢說몽중몽설

夢 꿈 몽 中 가운데 중 夢 꿈 몽 說 말씀 설

꿈속에 꿈 이야기를 하듯이 종잡을 수 없는 말을 함, 또는 그런 말.

浮生如夢부생여몽

浮 뜰 부 生 날 생 如 같을 여 夢 꿈 몽

덧없는 인생은 꿈과 같음.

轉禍爲福전화위복

轉 구를 전 禍 재앙 화 爲 위할 위 福 복 복

화가 바뀌어 오히려 복이 된다는 뜻.

諸行無常제행무상

諸 모두 제 行 다닐 행, 항렬 항 無 없을 무 常 떳떳할 상, 항상 상

인생의 덧없음. 우주의 만물은 항상 돌고 변하여 잠시도 같은 모양으로 머무르지 않음.

醉生夢死취생몽사

醉 취할 취 生 날 생 夢 꿈 몽 死 죽을 사

취한 듯 살다가 꿈을 꾸듯이 죽는다는 뜻으로, 아무 의미 없이, 이룬 일도 없이 한평생을 흐리멍덩하게 살아감을 비유하여 이르는 말.

痴人說夢치인설몽

痴 어리석을 치 人 사람 인 說 말씀 설, 달랠 세, 기뻐할 열 夢 꿈 몽

어리석은 사람이 꿈 이야기를 한다는 뜻으로, 종잡을 수 없이 되는 대로 지껄임을 이르는 말.

초록몽樵鹿夢

정나라의 어떤 사람이 나무를 하다가 사슴을 한 마리 때려잡았다. 그는 남이 볼까 두려워 허둥지둥 구덩이 속에 사슴을 감추고 땔나무로 그 위를 덮었다. 그는 기쁨을 이기지 못하고 있다가 그만 사슴 숨겨놓은 곳을 잊어버렸다.

그는 꿈을 꾼 것으로 생각하고 길을 걸으면서 그 일에 대해 혼자 중얼거렸다. 그때 그의 곁에서 길을 가던 어떤 사람이 그 말을 듣고 사슴을 찾아냈다. 그는 집으로 돌아와서 아내에게 말하기를, "조금 전에 어떤 나무꾼이 사슴을 잡은 꿈을 꾸었는데 그 장소를 모른다고 했소. 그러나 나는 그의 말을 따라 사슴을 찾았소. 그 나무꾼은 바로 진실한 꿈을 꾸는 사람이오."라고 했다.

그러자 그의 아내가, "당신이 사슴을 잡은 나무꾼의 꿈을 꾼 것이 아닐까요? 어떻게 그런 나무꾼이 있겠어요? 지금 당신이 이렇게 사슴을 찾아왔으니 당신의 꿈이 진실한 것이지요."라고 말했다.

이에 남편이 "내가 그의 꿈을 근거로 하여 사슴을 얻었는데 그의 꿈이 나의 꿈임을 어떻게 알겠소?"라고 말했다. 그런데 나무꾼은 사슴을 잃은 것을 잊지 않고 있다가 그날 밤 꿈에서 그 장소를 알아냈으며, 사슴을 가져간 사람에 대해서도 꿈을 꾸었다. 날이 밝자 꿈을 따라 그를 찾아가 만났다. 그리하여 사슴을 두고 소송이 벌어져, 이 사건은 마침내 관아로 넘어갔다. 판관은 나무꾼과 사슴을 찾은 사람이 그 사슴을 둘로 나누어 공평하게 가지도록 판결하였다.

출전 《열자列子》 〈주목왕편周穆王篇〉

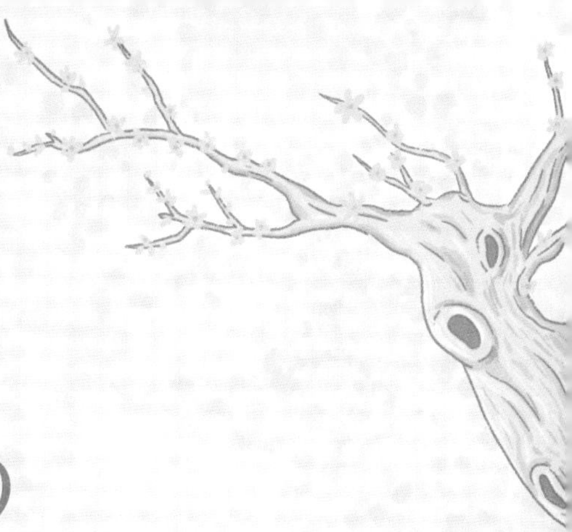

19

원수와 원망받을 일을 만들지 마라

[은원]

不俱戴天 불구대천

不 아닐 불, 아닐 부 俱 함께 구, 갖출 구 戴 일 대 天 하늘 천

풀이

하늘 아래 같이 살 수 없는 원수, 반드시 죽여 없애야 할 원수를 이르는 말.

유래

한 하늘을 함께 이고 살아갈 수 없는 철천지원수를 일컫는 말로 '불구대천지원수不俱戴天之怨讐' 의 줄임말이다. 이 말의 유래는 오경의 하나로 주나라 말부터 진한秦漢 시대에 유학자의 옛 예의 범절에 관한 설을 적은 책인 《예기》에 나온다.

그중 〈곡례편〉에 다음과 같은 기록이 보인다.

'아버지의 원수는 더불어 하늘을 같이 할 수 없다. 따라서 세상에 살려둘 수는 없고 반드시 죽여야 한다. 형제의 원수는 집에 무기를 가지러 올 사이가 없다. 항상 무기를 지니고 다니다가 원수를 만나면 당장 죽여버려야 한다. 친구의 원수는 나라를 같이 하여 살 수 없다. 마찬가지로 죽여 없애야 한다.'

출전 《예기禮記》

氷炭之間 빙탄지간

氷 얼음 빙, 엉길 응 炭 숯 탄 之 어조사 지 間 사이 간

풀이

얼음과 불은 성질이 반대여서 만나면 서로 없어진다는 뜻으로, 군자와 소인은 서로 화합하지 못함. 또는 상반되는 사물이라는 말.

유래

한나라 무제의 신하 중에 동방삭이 있었는데, 그는 박학다식하여 무제의 좋은 이야기 상대가 되었다. 동방삭은 언제나 어전에서 먹고 지냈는데 남은 음식이 있으면 품에 넣어 집으로 가지고 갔으며 하사받은 의복은 어깨에 걸머메고 퇴거하는 묘한 행동을 했다. 이를 보고 사람들은 미친놈이라 했으나 정작 본인은 태연했다.

동방삭의 글에 〈칠갑전七諫傳〉이 있는데 여기에, '얼음과 불은 서로 나란히 할 수가 없다.' 란 말이 보인다. 곧 충성스러움과 아첨함은 같이 있을 수 없다는 뜻의 비유이다.

출전 《초사楚辭》, 〈칠갑전〉

陰德陽報음덕양보

陰 그늘 음, 침묵할 암 德 큰 덕 陽 볕 양 報 갚을 보, 알릴 보

풀이

사람이 보지 않는 곳에서 좋은 일을 베풀면 반드시 그 일이 드러나서 보답을 받음.

유래

《회남자》〈인간훈편〉에 '남이 모르게 착한 일을 하면 반드시 나타나는 보답이 있다. 숨은 행실이 있는 사람은 반드시 밝은 이름이 있게 된다.' 고 하였다.

한 예로 주나라 때 손숙오가 어렸을 때 밖에 나가 놀다가 집에 돌아와서는 밥을 먹지 않고 걱정에 빠져 눈물이 글썽하거늘, 그 어머니가 이상히 여겨 까닭을 물으니 숙오는 울면서 대답했다.

"제가 오늘 머리가 둘 달린 뱀을 보았습니다. 옛날부터 이런 뱀을 보면 죽는다고 했으니 곧 저는 죽을 것입니다."

그 어머니가 다시 물었다.

"그 머리가 둘 달린 뱀은 어디에 있느냐?"

"그 뱀을 또 다른 사람이 보면 죽을까 걱정이 되어서 죽였습니다."

그 말을 듣더니 어머니가 말했다.

"은밀히 덕을 닦아 선행을 하는 사람은 그 보답으로 복을 받는

다고 들었다. 네가 그런 생각으로 뱀을 죽인 것은 음덕이므로, 그 보답으로 너는 죽지 않을 것이다."

과연 그 어머니의 말대로 되었다. 그 후 그는 장성하여 초나라 장왕의 부름을 받아 재상에 임명되었다.

출전《회남자》

切齒腐心 절치부심

切 끊을 절, 온통 체 齒 이 치 腐 썩을 부 心 마음 심

풀이

이를 갈고 마음을 썩인다는 뜻으로, 대단히 분하게 여기고 마음을 썩임을 이르는 말.

유래

전국 시대 말, 연나라 태자 단丹은 진나라에 인질로 갔다. 일찍이 조나라에 인질로 갔던 태자 단은 그곳에서 태어나 자란 소년이었던 진왕秦王 정政과 친하게 지냈다. 하지만 황제가 된 정은 태자 단을 좋게 대우하지 않았다.

단은 원한을 품고 연나라로 도망하여 돌아왔다. 그리고 진왕에 대해 원수를 갚아줄 사람을 찾았다. 그래서 찾은 사람이 형가라는 역사力士였다. 형가는 진나라 장수 번어기의 목과 연나라의 독항이라는 비옥한 땅의 지도를 진왕에게 바칠 것을 요구했다. 진왕의 신임을 얻어 곁에 접근하기 위한 수단이었다. 당시 번어기는 진왕의 죄를 입어 연으로 도망해 왔던 것이다. 형가는 번어기를 만나 말했다.

"부모와 일가친척들이 다 장군 때문에 죽임을 당하였습니다. 지금 장군의 머리에는 황금 천근과 만호의 고을이 상으로 걸려 있습

니다. 장군은 장차 어떻게 하시렵니까?"

번어기는 하늘을 우러러 크게 탄식하고 눈물을 흘렸다.

"저는 이 일을 생각할 때마다 항상 아픔이 골수에 사무칩니다. 생각하여도 어떻게 할 계책이 나오지 않습니다."

"지금 한 마디 말로 연나라의 근심을 풀고 장군의 원수를 갚을 수 있다면 어떻게 하겠습니까?"

번어기가 앞으로 나오며 말했다.

"어떻게 하면 되겠습니까?"

"원컨대 장군의 머리를 얻어서 진왕에게 바치면 진왕은 반드시 기뻐하며 저를 인견할 것입니다. 그때 왼손으로 그의 소매를 잡고 오른손으로 가슴을 찌르겠습니다."

번어기는 한쪽 어깨를 드러내고 팔을 움켜쥐며 나아가 말했다.

"이것이야말로 신이 밤낮으로 이를 갈고 가슴을 치던 바입니다. 비로소 이제 가르쳐주심을 듣게 되었습니다."

드디어 스스로 목을 찔러 죽었다. 태자가 듣고 달려가서 시체에 엎드려 매우 슬프게 울었다. 형가는 예리한 비수와 번어기의 목, 독항의 지도를 가지고 진나라로 떠났다.

출전 《전국책》, 《사기》

더 살펴보기

刻骨難忘각골난망

刻 새길 각 骨 뼈 골 難 어려울 난, 우거질 나 忘 잊을 망

입은 은혜에 대한 고마운 마음이 뼈에까지 사무쳐 잊히지 아니함.

犬猿之間견원지간

犬 개 견 猿 원숭이 원 之 갈 지, 어조사 지 間 사이 간

개와 원숭이의 사이처럼 매우 사이가 나쁜 관계.

背恩忘德배은망덕

背 등 배, 배반할 배 恩 은혜 은 忘 잊을 망 德 큰 덕, 덕 덕

남에게 입은 은덕을 잊고 배반함.

徹天之寃철천지원

徹 통할 철 天 하늘 천 之 갈 지, 어조사 지 寃 원통할 원

하늘에 사무치도록 크나큰 원한.

河海之澤하해지택

河 물 하 海 바다 해 之 어조사 지 澤 못 택, 풀 석, 전국술 역, 별 이름 탁

큰 강이나 넓은 바다와 같이 넓고 큰 은택.

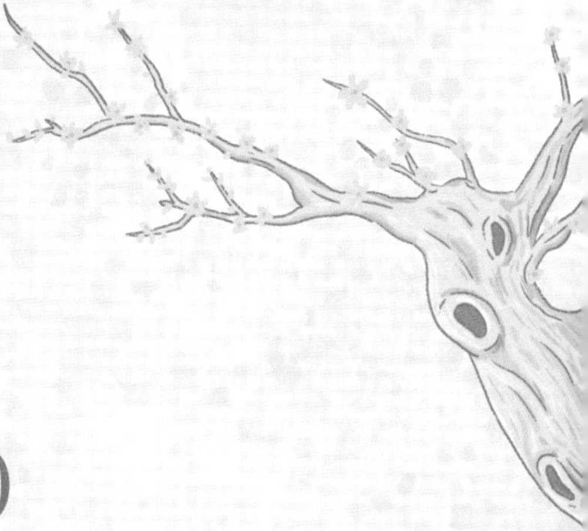

20

백성은 먹는 것을 하늘로 삼는다

[음식]

簞食瓢飮단사표음

簞 소쿠리 단 食 밥 식, 먹을 식, 먹이 사 瓢 바가지 표 飮 마실 음

풀이

대그릇의 밥과 표주박의 물이라는 뜻으로, 좋지 못한 적은 음식을 이르는 말.

유래

공자의 제자 중에 안회라는 학생이 있었다. 그는 가난하고 불우한 생활에도 불구하고 오로지 학문을 좋아하고 덕의 실천에만 전념하여, 공자가 이렇게 말씀하였다.

"어질도다. 안회여! 한 도시락밥과 한 표주박의 물을 마시고, 좁고 누추한 집에 있음을 사람들이 견디지 못하거늘, 회는 그 속에서도 그 즐거움을 고치지 아니하니 어질도다, 회여!"

출전 《논어》

斗酒不辭두주불사

斗 말 두 酒 술 주 不 아닐 불, 아닐 부 辭 말씀 사

풀이

말술도 사양하지 아니한다는 뜻으로, 주량이 매우 큼을 일컬음.

유래

진秦나라 말기, 유방과 항우가 천하를 두고 다툴 때의 일이다. 유방이 먼저 함양을 함락시키자 이에 진노한 항우가 유방을 공격하였는데, 유방은 내심 항우가 두려워 그를 달래기 위해 홍문에서 만나 연회에 참석하게 되었다.

항우의 책사 범증이 항우의 사촌동생으로 하여금 칼춤을 추게 하여 유방의 목숨을 노렸다. 이때 유방의 장수 번쾌가 그를 구하기 위해 위병들을 쓰러뜨리고 연회장에 뛰어들었다. 항우는 번쾌의 용력에 당황하여 한 말의 술을 권했다.

번쾌는 그 술을 단숨에 들이켰다. 또 한 잔을 마시겠냐고 묻자 번쾌는,

"죽음도 사양하지 않은 제가 어찌 술 몇 말을 사양하겠습니까?' 하고 술잔을 기울였다. 결국 번쾌는 유방을 구해 낼 수 있었다. 이때부터 두주불사는 주량이 매우 크다는 의미로 쓰이게 되었다.

출전 《사기》

食以爲天 식이위천

食 밥 식, 먹을 식 以 써 이 爲 하 위, 할 위 天 하늘 천

풀이

먹는 것으로 하늘을 삼음, 사람이 살아가는 데 먹는 것이 가장 중요하다는 말.

유래

진秦나라 말, 유방이 항우를 물리치고 한나라를 건국하는 데 힘을 보태는 역이기라는 인물이 등장한다. 당시 유방은 형양에서 항우에게 포위를 당하였다. 그러자 유방은 곡창 지대인 형양을 버리고 다른 곳으로 철수하려고 하였다. 이에 역이기가 진언하기를,

"형양은 곡창 지대이며 군량미 수송의 요충지이기도 합니다. 이런 요충지를 빼앗기면 천하를 잃습니다. 또한 임금은 백성을 하늘처럼 생각하고 백성은 먹는 것을 하늘로 생각합니다."

역이기는 먹는 문제를 무시하면 절대로 항우를 이기지 못한다고 주장하였다. '하늘이 하늘인 것을 아는 자는 왕업을 성취할 수 있으나 하늘이 하늘인 것을 모르는 자는 왕업을 성취할 수 없다. 왕자는 백성을 하늘로 삼고 백성은 먹는 것을 하늘로 삼는다.' 라고 진언한 것이다. 이에 유방은 그의 말에 따라 천하의 패권을 거머쥘 수 있었다.

출전 《사기》

더 살펴보기

膏粱珍味고량진미

膏 기름 고 粱 기장 량(양) 珍 보배 진 味 맛 미, 광택 매

살찐 고기와 좋은 곡식으로 만든 맛있는 음식.

薄酒山菜박주산채

薄 엷을 박, 동자기둥 벽, 풀 이름 보 酒 술 주 山 메 산 菜 나물 채

맛이 변변하지 못한 술과 산나물이란 뜻으로, 자기가 내는 술과 안주를 겸손하게 이르는 말.

山海珍味산해진미

山 메 산 海 바다 해 珍 보배 진 味 맛 미, 광택 매

산과 바다의 산물을 다 갖추어 아주 잘 차린 진귀한 음식이란 뜻으로, 온갖 귀한 재료로 만든 맛. 좋은 음식.

十匙一飯십시일반

十 열 십 匙 숟가락 시 一 한 일 飯 밥 반

열 사람이 한 술씩 보태면 한 사람 먹을 분량이 된다는 뜻으로, 여러 사람이 힘을 합하면 한 사람을 돕기는 쉽다는 말.

魚頭肉尾**어두육미**

魚 물고기 어 頭 머리 두 肉 고기 육, 둘레 유 尾 꼬리 미

물고기는 대가리 쪽이 맛이 있고, 짐승 고기는 꼬리 쪽이 맛이 있다는 말.

草根木皮**초근목피**

草 풀 초 根 뿌리 근 木 나무 목 皮 가죽 피

풀뿌리와 나무껍질이란 뜻으로, 곡식이 없어 산나물 따위로 만든 거친 음식을 이르는 말, 영양가가 적은 조악한 음식을 이름, 한약의 재료가 되는 물건을 이르는 말.

畵中之餠**화중지병**

畵 그림 화, 그을 획 中 가운데 중 之 갈 지, 어조사 지 餠 떡 병

그림 속의 떡이란 뜻으로, 바라만 보았지 소용이 닿지 않음을 비유한 말, 보기만 했지 실제로 얻을 수 없음, 실속 없는 말에 비유하는 말.

부록

역대 '올해의 사자성어'

〈교수신문〉에서는 2001년부터 매년 대학교수들을 상대로 설문조사를 해서 '올해의 사자성어'를 선정해 발표해 왔다. 다음은 2001년부터 2010년까지의 〈교수신문〉에서 선정한 '올해의 사자성어'이다.

2001년 五里霧中오리무중

五 다섯 오 里 마을 리(이), 속 리(이) 霧 안개 무 中 가운데 중

5리나 짙은 안개 속에 있다는 뜻으로 일의 방향이나 상황을 알 수 없음.

2002년 離合集散이합집산

離 떠날 리(이) 合 합할 합 集 모을 집 散 흩을 산

헤어졌다가 모였다가 하는 일, 뭉치고 흩어짐.

2003년 右往左往우왕좌왕

右 오른쪽 우, 도울 우 往 갈 왕 左 왼 좌 往 갈 왕

이리저리 왔다갔다하며 일이나 나아가는 방향을 종잡지 못함.

2004년 黨同伐異당동벌이

黨 무리 당 同 한가지 동 伐 칠 벌 異 다를 이(리)

집단의 이익을 위해 대의적으로 옳고 그름을 떠나 다른 집단에 속한 사람들을 무조건 흠집 내서 무너뜨리려는 행태.

2005년 上火下澤상화하택

上 윗 상 火 불 화 下 아래 하 澤 못 택, 풀 석, 별 이름 탁

위에는 불, 밑에는 물처럼 서로 이반하고 분열하는 현상.

2006년 密雲不雨밀운불우

密 빽빽할 밀 雲 구름 운, 이를 운 不 아닐 부, 아닐 불 雨 비 우

짙은 구름이 끼여 있으나 비가 오지 않는다는 뜻으로, 어떤 일의 징조만 있고 그 일은 이루어지지 않음.

2007년 自欺欺人자기기인

自 스스로 자 欺 속일 기 欺 속일 기 人 사람 인

자기를 속이고 남을 속인다는 뜻으로, 자신도 믿지 않는 말이나 행동으로 남까지 속이는 행위를 비유함.

2008년 護疾忌醫호질기의

護 도울 호 疾 병 질 忌 꺼릴 기 醫 의원 의

병을 숨기고 의원에게 보이기를 꺼린다는 뜻으로, 자신의 결점을 감추고 남의 충고를 듣지 않음을 비유하는 말.

2009년 旁岐曲徑**방기곡경**

旁 곁 방, 달릴 팽 岐 갈림길 기 曲 굽을 곡 徑 지름길 경, 길 경

큰길이 아닌 샛길과 굽은 길을 이르는 말로, 바른길을 좇아 순탄하게 일을 처리하지 않고 그릇된 수단을 써서 억지로 함.

2010년 藏頭露尾**장두노미**

藏 감출 장 頭 머리 두 露 이슬 로(노) 尾 꼬리 미

머리는 숨겼지만 꼬리는 숨기지 못했다는 말로, 진실을 밝히지 않고 꼭꼭 숨겨두려 하지만 그 실마리는 이미 만천하에 드러나 있다는 뜻.

2011년 掩耳盜鐘**엄이도종**

掩 가릴 엄 耳 귀 이, 팔대째 손자 잉 盜 도둑 도 鐘 쇠북 종

귀를 막고 종을 훔친다는 뜻으로, 자기만 듣지 않으면 남도 듣지 못한다고 생각하는 어리석은 행동 또는 결코 넘어가지 않을 얕은 수로 남을 속이려 한다는 말.

사자성어의 활용과 새로 만들어진 사자성어 풀이

최근 기존의 사사성어를 활용하거나 새로운 사자성어를 만들어 정치, 경제, 문화 등 사회 전반의 상황이나 문제를 빗대어 풍자하거나 기업의 홍보나 광고에 쓰는 경우가 늘어나고 있다. 위로는 대통령부터 각급 기관장, 국회의원, 교수, 기업의 최고경영자(CEO)들은 물론이고 대학생과 일반인, 심지어 초등학생에 이르기까지 자신들의 소신과 각오를 사자성어에 담아 메시지로 전하는 것이 유행처럼 번지고 있다.

특히 연말연시나 굵직한 사건이 터질 때, 기업의 홍보나 광고 등 신속하게 자신들의 이미지나 메시지를 대중에게 전달할 수 있는 용어로 사자성어를 선호하고 있다. 이는 사자성어가 가지는 간결한 함축성과 더불어 은연중에 유식함을 과시하면서도 대중에게 널리 어필할 수 있는 장점을 지니고 있기 때문이다.

예컨대 2008년 이명박 대통령 당선 시절에는 사자성어로 '나라가 태평하고 해마다 풍년이 든다.' 는 뜻의 '시화연풍時和年豊' 을 내걸었다. 2009년에는 '위기를 맞아 잘못을 바로잡고 나라를 바로 세운다.' 는 뜻인 '부위정경扶危定傾' 을 골랐고, 2010년에는 '지금의 노고를 통해 오랫동안 안락을 누린다.' 는 뜻인 '일로영일一勞永逸' 이 선택되었으며, 2011년의 사자성어로는 일을 단숨에 매끄럽게 해낸다는 의미로, '좋은 기회가 주어졌을 때 미루지 않고 이뤄내야 한다.' 는 뜻인 '일기가성一氣呵成' 을 선정했다.

이 대통령이 내건 사자성어의 목표처럼 나라와 사회가 안정되고 발전했는지는 아직 판단하기 어렵다. 그러나 일각에서는 2008년 6·10 민주화 항쟁과 한미 쇠고기 협상 내용에 대한 반대 시위를 벌이자 경찰이 시위대를 막기 위해 세종로 사거리에 설치된 컨테이너 박스로 만든 바리케이드에 '명박산성明博山城' 이라는 성어를 만들었고, 2010년 12월에는 '명이 짧으면 서로에게 이롭다.' 는 뜻인 '명박상득命薄相得' 이라는 새로운 사자성어가 만들어졌다.

비단 대통령뿐만 아니라 정치권에서도 세종시 문제로 한나라당 내에서 '미생지신尾生之信' 이라는 사자성어에 대한 논박이 이어졌다. '미생지신' 이란 중국 춘추 시대에 미생이라는 자가 다리 밑에서 만나자고 한 여자와의 약속을 지키기 위하여 홍수에도 피하지 않고 기다리다가 마침내 익사하였다는 고사에서 유래한 것으로, 우직하여 융통성이 없이 약속만을 굳게 지킴을 비유적으로 이르는 말이다. 이 사자성어를 통해서 우직하게 공약을 지키자는 박근혜 의원 측과 어리석게 약속을 지킨다는 다른 의원 간에 공박이 오갔던 것이다.

기업의 최고경영자(CEO)들도 사자성어를 통해 자신의 경영철학을 피력하기 좋아하는데, 2010년 삼성의 이건희 회장이 경영에 복귀한 뒤 과거의 성과에 안주하지 말고 더욱 정진하자는 의미에서 '달리는 말은 말발굽을 멈추지 않는다.'는 뜻인 '마불정제馬不停蹄'와 교만을 방지하는 의미에서 '자신의 힘이나 능력만 믿고 자만하는 병사는 적에게 반드시 패한다.'는 뜻인 '교병필패驕兵必敗'를 제시하기도 했다. 또 삼성 직원들 간 의사소통 창구인 마이싱글에 일에 매진하라는 의미에서 '불광불급不狂不及(미치지 않으면 이룰 수 없다.)', 변화에 흔들리지 말고 목표를 향해 정진할 것을 당부하는 의미에서 '우보만리牛步萬里(소의 걸음으로 만리를 간다.)', 허를 찌르는 혁신적인 사고를 하라는 뜻으로 '성동격서聲東擊西'라는 3개의 사자성어를 게시하고 '젊은 삼성인이여! 미치고, 인내하고, 고민하라!'는 주문을 내걸었다.

대한항공에서는 '얼굴에 철면으로 깔고 사사로움을 없앤다.'는 뜻인 '철면무사鐵面無私', '높은 곳에 오르려면 반드시 낮은 곳부터 시작해야 한다.'는 뜻인 '등고자비登高自卑', '낳고 기르되 소유하지 않는다.'는 뜻인 '생지축지生之畜之', '생이불유生而不有' 등등 일련의 사자성어를 이용하여 중국 여행에 대한 광고를 하여 큰 반향을 일으키기도 했다.

이 밖에도 수입개방과 자유무역협정(FTA) 등의 영향으로 수입 농산물이 범람하자 우리 농수산물이 '사면초가四面楚歌'의 위기에 처했다고 보고, '신토불이身土不二'를 캠페인 용어로 대대적으로 선전하여 그 활로를 찾고 있다. 젊은이나 대학가에서도 새로운 사자성어들이 출현했는데, 온라인 공간에서 유행하고 있는 대표적인 사자성어로 '투위하다鬪僞河多', '청춘불패靑春不敗', '대략난

감大略難堪', '좌절금지挫折禁止', '완전열공完全熱工', '완전소중完全所重' 등 사자성어를 위시하여 여대생들의 생리통으로 인한 결석을 출석으로 인정해 주자는 '생리공결生理公缺', 불임을 치료하기 위해 직무를 쉴 수 있게 하는 '불임휴직不姙休職' 등의 새로운 사자성어들이 끊임없이 만들어지고 있다.

이와 같은 기존 사자성어의 활용과 새로운 사자성어의 생성은 우리 사회 현상과 깊은 관계를 맺고 있으며, 이를 통해서 우리 사회의 자화상을 엿볼 수 있는 것이다.

우리의 이웃이자 한자의 본고장이라고 할 수 있는 중국에서도 사자성어에 대한 열기가 뜨겁다. 중국은 국가정책을 사자성어로 간결하게 표현하여 적극적으로 대내외에 선전하는 경우가 많다. 그 대표적인 경우로 1980년대 등소평은 중국의 대외정책을 일컫는 용어로 자신의 재능이나 명성을 드러내지 않고 참고 기다리자는 뜻으로 '도광양회韜光養晦'를 주문하였고 근래 급격히 국력이 신장되자 중국과 이해관계가 있는 것은 적극적으로 참여해야 한다는 뜻인 '유소작위有所作爲'가 제기되었으며, 최근에 서양을 중심으로 '중국위협론'이 제기되자 후진타오 주석은 평화적으로 우뚝 선다는 뜻의 '화평굴기和平掘起'를 대외정책으로 채택하여 적극적으로 선전하고 있는 실정이다.

특히 중국은 각종 상품이나 회사의 이미지 광고에서 사자성어를 이용한 경우가 두드러지는데, 예컨대 중국 가전생산업체인 창홍[長虹]의 TV 광고도 '하늘에는 무지개, 인간 세상은 창홍!'이라는 뜻인 '천상채홍天上彩虹 인간장홍人間長虹' 이라는 슬로건을 내레이션하면서 '채홍彩虹(무지개)' 과 '장홍長虹' 이라는 비슷한 음을 적절히 배치해 창홍이라는 기업명이 희망적인 이미지를 연상하도록 하였다. 외국 기업의 상품들 역시 매우 고심하여 사자성어를 이용한 상품명을 개발하여 이용하고 있다. '코카콜라' 의 경우에는 가구가락可口可樂(입에 맞아 즐거움), '펩시콜라' 의 경우에는 백사가락百事可樂(백 가지 일이 모두 즐거움), '까르푸' 의 경우에는 가락부家樂富(집으로 복이 굴러옴), '뚜레주르' 는 다낙지일多樂之日(즐거움이 많은 날), 소주 '처음처럼' 은 초음초락初飮初樂(처음 마실 때부터 즐거움) 등등 이러한 상품명은 비교적 창의적이고 성공적인 경우라고 할 수 있다.

그러나 최근에는 상품광고나 회사 이미지 광고는 기존 사자성어를 제멋대로 고쳐서 사람들에게 혼란을 가중시키고 향락적이고 퇴폐적인 광고로 사회적인 물의를 일으키고 질타를 받는 경우가 늘어나고 있다. 이를테면 중국 수도 베이징[北京]의 옥외광고에서 모 부동산회사는 '앞길이 무궁하다.' 는 의미인 '전도무량前途無量' 의 '앞 전前' 을 '돈 전錢' 으로 바꾸어 '전도무량錢途無量(돈길이 무궁함)' 으로 광고했고, 모 음식점에서는 '시대의 흐름에 맞게 나아간다.' 는 뜻의 '여시구진與時俱進' 의 '때 시時' 를 '먹을 식食' 으로 바꿔 '여식구진與食俱進(먹는 것의 흐름에 맞게 나아감)' 이라는 광고를 사용하여 베이징 공상국으로부터 시정명령을 받았다고 한다.

이와 같은 사자성어 오남용의 사례는 매우 심각한 상황으로 광

범위하게 사용되고 있는 실정이다. 그 사례로 들어보면 다음과 같다. 모 세탁기 광고에서 기존의 '현모양처賢母良妻(어진 어머니이면서 착한 아내)'를 '한모양처閑母良妻(한가한 어머니이자 착한 아내)'로 고쳐 광고했고, 모 순간온수기 광고에서는 '마음이 하고자 하는 대로 하다.'라는 뜻인 '수심소욕隨心所欲'을 '수심소욕隨心所浴(마음 가는 대로 목욕하고자 함)'으로, 모 기침약 광고에서는 '한시도 지체할 수 없다.'는 뜻인 '각불용완刻不容緩'을 '해불용완咳不容緩(기침은 한시도 가만히 두면 안 됨)'으로, 모 오토바이 회사 광고 중에는 '그 즐거움은 끝이 없다.'는 뜻인 '기락무궁其樂無窮'을 '기락무궁騎樂無窮(타는 즐거움은 끝이 없음)'으로, 모 영양제 광고에서는 '입에는 꿀이 있으나, 뱃속에는 칼이 있다.'는 뜻인 '구밀복검口蜜腹劍'을 '구밀복건口蜜腹健(입에는 꿀이 있으니, 뱃속이 건강해짐)'으로, 모 의류광고에서는 '헤어지기 서운해 하다.'는 뜻인 '의의불사依依不舍'를 '의의불사衣衣不舍(옷과는 떨어질 수 없음)'로, 모 다리미 광고회사는 '모든 일에 매우 순종적이다.'는 뜻인 '백의백순百依百順'을 '백의백순百衣百順(모든 옷을 순종시킴)'으로, 모 치약 광고에서는 '벙어리와 같이 말을 하지 못하다.'는 뜻인 '아구무언啞口無言'을 '아구무염牙口無炎(치아 사이에 염증이 없음)'으로, 모 음식점 광고에서는 '모든 것이 완전무결하다.'는 뜻인 '십전십미十全十美'를 '식전식미食全食美(먹거리가 완전무결함)'로, 모 음료광고에서는 '그 일을 영광으로 생각하다.'는 뜻인 '인이위영引以爲榮'을 '음이위영飮以爲榮(마시는 것을 영광으로 생각함)' 으로, 모 에어컨 광고에서는 '지혜로운 사람은 슬기롭다.' 는 뜻인 '지자견지智者見智' 를 '지자견질智者見質(지혜로운 사람은 품질을 봄)' 로, 모 위장약 광고에서는 '미세한 것이라도 미치지 않은 것이 없다.' 는 뜻인 '무미부지無微不至' 를 '무위부지無胃不至(위에 미치지 않는 것이 없음)' 로, 모 자화컵 광고에서는 '준비가 있으면 근심할 것이 없다.' 는 뜻인 '유비무환有備無患' 을 '유배무환有杯無患(컵이 있어야 걱정이 없음)' 으로 광고하는 등, 기존 사자성어를 멋대로 고쳐서 고사성어의 유래를 모르는 대중은 물론이고 자라나는 아이들에게까지 혼란을 일으킬 소지를 지니고 있다.

또 멋대로 고치지는 않았지만 본 사자성어 뜻을 교묘하게 이용하는 경우도 많다. 예컨대 모 모자 광고에서는 '옷차림을 보고 사람을 평가하다.' 는 뜻인 '의모취인衣帽取人' 을, 모 이발 광고에서는 '한 가닥의 털도 뽑으려 하지 않는다.' 는 뜻인 '일모불발一毛不拔' 을, 모 전당포 광고에서는 '그 임무를 맡아도 손색이 없다.' 는 뜻인 '당지무괴當之無愧' 를, 모 교자점(만두가게) 광고에서는 '포함되지 않는 것이 없다.' 는 '무소불포無所不包' 모 석회 광고에서는 '빈손으로 집안을 일으키다.' 는 뜻인 '백수기가白手起家' 를 광고로 사용하고 있다. 이러한 사례 등은 본 사자성어의 뜻과 무관한 것으로 그 오남용의 실태가 얼마나 심각한지를 짐작할 수 있게 한다.

《금수회의록禽獸會議錄》은 융희 2년(1908)에 안국선이 지은 신소설이다. 당시 일반적인 소설은 권선징악을 주제로 하였으나 동물을 의인화하여 인간의 추악한 면과 사회의 부패상을 풍자하였다. 우리나라 최초의 판매 금지 소설로 알려지고 있다. 신판《금수회의록》 역시 동물을 의인화하여 사자성어를 통해 현실세계를 풍자하여 엮어놓은 것이다.

【신판新版 금수회의록禽獸會議錄】

虎[호랑이] : 친애하는 금수禽獸 여러분! 오늘 제가 금수회의를 소집한 것은 만물의 영장이라는 인간들이 만든 금수에 관련된 성어成語 중에서 오늘날에는 쓸모가 없거나 오해할 소지가 있는 것을 바로잡기 위함이니 모두 허심탄회하게 논의하도록 합시다.

우선 제가 먼저 지적할 것은 '양호위환養虎爲患'*이란 성어로, 시의에 맞지 않아 마땅히 수정해야 할 필요성이 있다는 점입니다. 그 이유는 현재 전 세계의 호랑이들은 모두 멸종될 위기에 처해 있기 때문에 특별히 보호해서 길러야 하는 절박한 상황에 직면해 있습니다! 기실 호랑이보다 더욱 무서운 것은 잘못된 위정자로

'가정맹어호苛政猛於虎'*라고 주장했던 공자님의 말씀을 더욱 가슴에 새겨야 합니다.

* 양호위환養虎爲患 : 범을 길러 화근을 남긴다.

* 가정맹어호苛政猛於虎 : 가혹한 정치가 호랑이보다 무섭다.

狐[여우] : 지당하신 말씀입니다. 저도 인간들이 만든 '호가호위狐假虎威'*한다는 말 때문에 지금까지 다른 금수들에게 엄청난 불신과 의혹에 시달리고 있습니다. '단도직입'적으로 말하자면 우리 여우는 꾀가 많아서 절대로 '숙호충비宿虎衝鼻'*하는 짓은 하지 않는다는 점을 분명히 밝히고 싶습니다. 즉 '호시탐탐虎視耽耽'* 우리 여우를 노리는 호랑이를 뒤에 두고 다른 금수를 호령했던 적은 없었고, 앞으로도 그럴 의도나 계획은 추호도 없다는 점을 공표합니다.

* 호가호위狐假虎威 : 여우가 범의 권위를 빌려 위세를 부림.

* 숙호충비宿虎衝鼻 : 잠자는 호랑이의 코를 찌르다.

* 호시탐탐虎視耽耽 : 범이 눈을 부릅뜨고 먹이를 노려본다는 뜻으로, 틈만 나면 기회를 노림.

兎[토끼] : '토사호비兎死狐悲'*라는 말도 '교언영색巧言令色'*하는 여우같은 사람이 만든 것이 분명합니다. 참말로 우리 토끼가 죽으면 여우는 내심 기뻐하며 어떻게 요리하여 먹을 것만을 생각할 것이 빤하기 때문입니다. 이는 '수주대토守株待兎'*를 바라는 허황된 인간들이 만들어낸 말로 우리 토끼의 지능을 너무 깔보는 처사라고 생각합니다. 기실 우리 토끼는 매우 총명하여 항상 '교토삼굴狡兎三窟'* 하고 있다는 점을 명심해야 할 것입니다.

* 토사호비兎死狐悲 : 토끼가 죽으니 여우가 슬퍼한다는 뜻으로, 같은 무리의 불행을 슬퍼함.
* 교언영색巧言令色 : 교묘한 말과 낯빛으로 사람을 속임.
* 수주대토守株待兎 : 그루터기를 지켜 토끼를 기다린다는 뜻으로, 고지식하고 융통성이 없음.
* 교토삼굴狡兎三窟 : 교활한 토끼는 도망갈 굴을 세 개나 파놓음.

狗-甲[개-갑] : 아! 인간들은 우리 개가 저렇게 교활한 토끼를 잡으면 논공행상을 해야 마땅한데, 도리어 '토사구팽兎死狗烹'*을 하려고 달려드니, 참으로 '적반하장' 도 유분수라고 생각하고, 더욱 '비분강개' 한 마음을 주체할 수가 없어서 다시 한 번 인간들에게 '불문곡직' 하지 않을 수 없습니다.

* 토사구팽兎死狗烹 : 토끼가 죽으면 사냥개를 삶아 죽임.

狗-乙[개-을] : 동감합니다. 인간들은 '신상필죄信賞必罪' 를 공정하게 집행해야 할 필요성이 있습니다. 또 우리들은 인간들에게 '일편단심一片丹心' 으로 '견마지성犬馬之誠'* 을 다합니다. 심지어 볼 때마다 '요미걸련搖尾乞憐'* 하는 치사한 행동도 불사하지만 늘 '상가지구喪家之狗'* 의 신세에 빠지기 일쑤입니다. 그래서 우리 개들 사이에선 '구안간인저狗眼看人低'* 라는 말도 유행하고 있습니다.

＊ 견마지성犬馬之誠 : 개나 말의 정성이라는 뜻.

＊ 요미걸련搖尾乞憐 : 꼬리를 흔들면서 사랑을 구걸함.

＊ 상가지구喪家之狗 : 상갓집의 개, 처량한 신세를 비유함.

＊ 구안간인저狗眼看人低 : 개 눈에 인간은 낮아 보인다.

馬[말] : '당구풍월堂狗風月'＊이라고 하더니, 개들도 문자를 쓰네요! 한 가지 이 자리를 빌려 분명하게 말하고 싶은 것은 우리 말은 비록 개와 마찬가지로 인간에게 '견마지성'을 다하지만 최소한 개처럼 인간에게 무엇을 바라는 대가성 충성은 하지 않습니다. 또 개들처럼 '구장인세狗仗人勢'＊하지도 않습니다. 예컨대 어떤 불세출의 영웅이 마상馬上에서 천하를 얻었다고 해도 우리는 아무런 요구를 하지 않았습니다. 단지 우리가 인간에게 바라는 것이 있다면 제발 '지록위마指鹿爲馬'＊하지 않았으면 좋겠습니다.

＊ 당구풍월堂狗風月 : 서당 개 3년에 풍월을 읊는다.

＊ 구장인세狗仗人勢 : 개가 주인을 믿고 허세를 부림.

＊ 지록위마指鹿爲馬 : 사슴을 보고 말이라고 함.

羊[양] : 옳습니다! 저도 인간들이 '양두구육羊頭狗肉'＊하는 행위가 시급히 규정되어야 한다고 생각합니다. 또 인간들은 그렇게 자주 엉뚱한 생각을 하거나 분명히 틀린 것임을 알고도 반성하지 않기 때문에 늘 '독서망양讀書亡羊'＊하고 '망양지탄亡羊之歎'＊하고 있다는 점도 밝히고 싶습니다.

＊ 양두구육羊頭狗肉 : 양의 머리를 걸고 개고기를 판다는 뜻.

* 독서망양讀書亡羊 : 책을 읽느라 양을 잃어버렸다는 뜻.

* 망양지탄亡羊之歎 : 양을 잃어버리고 한탄함.

鼠[쥐] : 인간들의 착각과 허장성세虛張聲勢는 그것뿐이 아닙니다. 예컨대 '노서과가老鼠過街, 인인함타人人喊打'* 라는 말이 있는데, 이는 사실과는 다릅니다. 만일 실제로 그런 상황이 발생한다면 우리 쥐들이 어찌 길거리를 활보하고 다닐 수 있겠습니까? 기실 인간들은 '투서기기投鼠忌器'* 할까 두려워 전전긍긍戰戰兢兢할 뿐입니다. 단지 제가 이 자리를 빌려 인간들에게 한 가지 건의할 사항은 흉악한 고양이에게 '묘두현령猫頭懸鈴'* 하여, 모든 동물이 더불어 행복하게 사는 '대동세계大同世界' 를 구현하자고 제의하고 싶습니다.

* 노서과가老鼠過街 인인함타人人喊打 : 쥐가 거리를 지나가면 모두 잡으라고 소리침.

* 투서기기投鼠忌器 : 쥐를 잡으려다가 물건이 상할까 두려워함.

* 묘두현령猫頭懸鈴 : 고양이 목에 방울을 매달음.

猫[고양이] : 절대로 안 될 일입니다. 언제나 '수서양단首鼠兩端'* 하는 쥐새끼 때문에 내가 얼마나 노심초사勞心焦思하면서 조신하게 행동하는지 여러분들은 모두 잘 알고 있을 것입니다. 쥐새끼가 건방지게 '대동세계' 를 운운하고, 인간을 현혹시켜서 고양이 목에 방울을 달자는 주장은 마치 '서아작각鼠牙雀角'* 하는 짓을 방치하는 것으로 결국 집안과 나라를 망치게 하는 것입니다.

때문에 나는 다시 한 번 인간들에게 당부하고 싶은 것은 중국의 개혁개방改革開放의 선구자인 등소평鄧小平 동지가 주장했던 '백묘흑묘론白猫黑猫論)'* 처럼 우리 고양이들은 흰 고양이든 검은 고양이든 쥐만 잘 잡을 수 있는 여건을 만들어달라는 것입니다.

* 수서양단首鼠兩端 : 구멍 속의 쥐가 나갈까 말까 망설임. 양다리를 걸침.

* 서아작각鼠牙雀角 : 쥐의 어금니와 참새의 뿔. 쟁송을 일으킴.

* 백묘흑묘론白猫黑猫論 : 흰 고양이든 검은 고양이든 쥐만 잘 잡으면 됨.

雀[참새] : '묘서동처猫鼠同處'* 하여 '이전투구泥田鬪狗'* 하는 자리에 왜 나까지 끌어들이려고 합니까? 하지만 기왕 발언을 했으니 한 가지 말하지 않을 수 없는 것은 우리 참새는 양처럼 '구절양장九折羊腸'* 하지 않지만 그래도 '마작수소麻雀雖小 오장구전五腸俱全'* 하기 때문에 게나 일부 양심 없는 인간들처럼 '무장공자無腸公子'* 하지 않다는 점을 분명히 밝히고자 합니다.

* 묘서동처猫鼠同處 : 고양이와 쥐가 함께 놀음.

* 이전투구泥田鬪狗 : 진흙밭에서 개처럼 싸움.

* 구절양장九折羊腸 : 아홉 번 꺾인 양의 창자, 세사다난世事多難을 비유.

* 마작수소麻雀雖小 오장구전五腸俱全 : 참새는 작지만 오장을 갖추고 있음.

* 무장공자無腸公子 : 게.

烏[까마귀] : 양심 없는 인간들 이야기가 나왔으니 나도 한 마디 해야 할 것이 있는데, 우리 까마귀들은 '반포지효反哺之孝'* 를 실천하기 위해서 여기저기 분주하게 날아다니는데, 이런 우리의 모습을 보고 '오합지졸烏合之卒'* 이라 놀리기나 하고 그것도 모자라서 '오비이락烏飛梨落'* 이라는 누명까지 덮어씌우니 참으로 원통합니다.

* 반포지효反哺之孝 : 까마귀 새끼가 자란 뒤에 늙은 어미에게 먹이를 물어다 주는 효성.
* 오합지졸烏合之卒 : 까마귀가 모인 것 같은 무리.
* 오비이락烏飛梨落 : 까마귀 날자 배 떨어진다, 공연한 오해나 혐의를 받음.

鸚鵡[앵무새] : 그런 점에서 인간들도 정직한 우리 앵무새처럼 '앵무학설鸚鵡學舌'* 을 배워서 말한 그대로 전하고 거짓과 과장을 일삼지 말아야 할 것입니다.

* 앵무학설鸚鵡學舌 : 앵무새가 사람 말을 배우지만 말에 담긴 사람의 뜻을 모르는 것과 같은 이치.

猴[원숭이] : 구구절절 가슴에 와 닿는 말씀들입니다. 저희 원숭이들도 인간들의 '조삼모사朝三暮四'* 에 번번이 속아 넘어간 적이 있었습니다. 또 어떤 인간들은 우리 원숭이들을 보고 '수도호손산樹倒猢猻散'* 이라 하여 단합하지 못하고 의리가 없다고 하는데, 기실 이 말은 우리 원숭이들이 임기응변臨機應變에 강하고 총명하다는 증거입니다. 남을 믿는 것은 자기를 믿는 것만 못 한데, 어떻게 어리석게 한 나무 위에서 모두 죽기를 바라야겠습니까?

* 조삼모사朝三暮四 : 원숭이에게 도토리를 아침에 세 개, 저녁에 네 개 주며 홍정함. 간사한 꾀를 부림.
* 수도호손산樹倒猢猻散 : 나무가 쓰러지면 원숭이가 흩어짐.